スーパー母さんダブリンを駆ける

一四〇人の子どもの里親になった女性の覚え書き

リオ・ホガーティ 作　メーガン・デイ 執筆協力　高橋歩 訳

a Heart So Big

by Rio Hogarty with Megan Day

未知谷
Publisher Michitani

はしがき

里親は、子どものプライバシーを守らなくてはならない。それは一生涯やり通さなければならないことだ。本書に記したことはすべて本当の話だが、私の人生に関わったすべての子どもたちのプライバシーを守るため（その多くが、現在は子を持つ親になっている）、物語はいったんバラバラに解体し、それをつなぎ合わせてある。里親としての長い歴史の中で、私が預かった子どもの多くが、自分たちの話を本書で紹介しても構わないし、身元を明かしても良いと言ってくれた。それにしても、こっちの話は実名で真実だけれど、その他の話は名前を伏せて紹介する、というのもおかしいし、現在の状況がわかってしまう手がかりをうかつにも含んでしまうことのないよう、本書に登場する子どもたちはすべて――私の夫と子どもたち（それに公人）を除いて――仮名を使用し、身元がわかりそうな情報には、多かれ少なかれ手を入れてある。そのことをまず、読者のみなさんにご理解いただきたい。

スーパー母さんダブリンを駆ける　目次

スーパー母さんダブリンを駆ける

一四〇人の子どもの里親になった女性の覚え書き

A Heart So Big
by
Rio Hogarty

Original English language edition first published
by Penguin Books Ltd, London

Japanese translation rights arranged with
PENGUIN BOOKS LTD
through Japan UNI Agency, Inc., Tokyo

プロローグ

十一歳の頃のこと。ある放課後、メアリーを家に連れてきて夕飯を食べさせた。メアリーは、それから三週間泊まっていった。

おとなしい子だけれど、たんたんとした表情の下に様々な感情が渦巻いているのがわかる。口数は少なくても想像力は豊かで、読書とラジオを聞くのが大好き。深みのある性格、というのがぴったりくる。物静かで思慮深いというのはこの子のことだと、みんな口を揃えて言った。

メアリーの家庭がいろいろな問題を抱えているということは、みんなが知っている。肉体労働者の父親はたいていは失業中だ。それに母親は熱心なカトリック教徒。つまり、メアリーには毎年のように新しい弟か妹ができる。新学期が始まる直前にも八人目が生まれたばかりだ。

学校が始まるのをメアリーは心待ちにしていた。そう、この子がもうひとつ他の子と違うところは――なんと、学校が好きだという点だ。けれども、夏休みの間に何かが変わってしまった。生活がすさんできたようだ――服装がだらしなくなり、体にすり傷や青あざができていることもある。姉妹《きょうだい》げんかよ、と言い訳する。

断わっておくが、私ほど青あざやらすり傷の多い子はいなかった――男の子も顔負けだ。名誉の負傷を負うたびに、心の内で誇らしく思っていたほどだ。特に、左膝の傷跡がいちばんの自慢だ。釘が突き出た厚板の上で転んでできた。立ち上がると、膝に釘が突き刺さったままで、すねを伝って血がひとすじ流れ、それを見てケイティ・フィーニィが悲鳴を上げた。夏休みを飾るクライマックスになった。

けれどもメアリーのは、そのたぐいの傷ではない。背中が痛むのをかばうように、そろりそろりと歩いていることがある。みんなでクロイチゴ摘みをしていたとき、メアリーの洋服の袖がめくれあがり、痛々しい真っ赤なあざが手首から腕いっぱいにできているのを見てしまったことがある。私がじっと見ているのに気づくと、メアリーは表情を変えずに袖を引っ張りおろした。詮索されたくないことに気づいて、黙っていた。

新学期が始まり二週間ほど過ぎた頃、メアリーが目の下に青あざを作ってきた。髪で隠そうとしている。三日連続でお弁当を持ってきていないことにも気づいていた。私たちは数人で講堂の片隅にまるくなって腰を下ろした。周りでは大勢の子どもたちがにぎやかに昼ごはんを食べている。私は、自分のハムサンドを半分、メアリーに手渡した。

うちほど恵まれた家庭はそう多くはないとわかっている。私も弟も妹たちも、ことあるごとに母親に言い聞かされていたからだ。自分は恵まれている、と自覚しながら私は成長した。

当時は、わが家とは違い、まわりのほとんどの家庭が生活に苦しんでいた。みんな貧しさを当たり前のこととして受け入れていた。今の若者に説明しても、わかってもらえないかもしれない。貧しさは自然の一部で——まるで天から落ちてくる雨のように、避けられなかったのだ。ぜいたくをしている家庭などないし、多くが崖っぷちに立たされたように不安定だった。

メアリーはサンドイッチの片割れをちびちびかじった。食べた感触を後で思い出して楽しもうとしているように、ひとくちひとくちかみしめて、できるだけ長持ちさせようとしている。まだ食べ終わらないうちに、今度はリンゴを手渡した。

メアリーが眉をつり上げる。

「今日はふたつ持ってきたから」うそをついた。

リンゴをひとくちかじってから、メアリーはうなずいた。私がうそをついているのは、メアリーにもわかっている。その理由だって十分承知している。余計なことは言わずにリンゴを味わい、あとは何も尋ねない。そういう友達はいい。

放課後、メアリーはわが家に来ると、いつものように他の仲間と一緒に遊んだ。夕方遅い時間になっても急いで帰る様子はない。夕飯を食べていくようにと母が言うと、その通りにした。

夕食後ふたりで宿題をした。というより、メアリーは宿題をした。そのあいだ私は、幼い弟と一緒に床に寝そべっておもちゃの車で遊んでいた。メアリーはワークブックに、きちんと整った文字を丁寧に書いていく。鞄の中も整理整頓されているから、鉛筆や定規が必要になると、さっと取り出す。正直なところ、これには畏敬の念を抱いた。

夕方から夜へ時が進むにつれ、メアリーは恐れるような眼差しで、台所の時計に目をやるようになった。時計の針が進むのが嫌でたまらない様子だ。どうしてそう気づいたのかわからない――あのときメアリーは何も言わなかったから――でも、メアリーは何かを怖がっていると感じた。そうか、帰りたくないんだ。自分の家に戻るのが嫌なんだ。

私はとっさに、母に尋ねた。今晩メアリーをうちに泊めて、明日の朝一緒に学校に行ってもいい？

学校に行く前の晩に友達を泊めたことは、それまで一度もない。母はちょっと顔をしかめたが、私の肩越しからメアリーがのぞいているので、うるさく言いたくなかったようだ。

「お母さんは泊まっていいって言ってるの、メアリー？」

メアリーは、もちろんと言わんばかりにうなずく。

ことの始まりは、そんな風だった。それから数日のあいだ私たちは、メアリーが家に帰らなくて済む言い訳をあれこれでっちあげた。

その度に母は、けげんな顔をした。気に入らないと思ってはいても、メアリーに、帰りなさいとまでは言いきれない。ある晩メアリーが用を足している間に、事情を尋ねてきたのは父だった。

私は父に何もかも打ち明けた。といっても、ほとんど何も知らなかったけれど。

「ちょっと調べてみる」父が言ったのはそれだけだ。

私が事情を理解したのは、何年も後だった。父はもちろん、メアリーの父親を知っていた。ふたりの行動範囲はまったく異なっていたけれど。それでも、父とおじ、それに隣人のひとりが、メアリーの父親ファレリーさんの行き付けのパブを知っていた。

ある晩、メアリーの父親が飲み代をつけにしてパブを出ると、三人の男が待ち受けていた。しばらく後をつけてから、男たちは父親をひと気のない路地の隅へ追いやり、取り囲んだ。私の父の、細かい点を省略した説明によれば、食費を酒代にしたり、妻や子どもに暴力を振るうなどもってのほかだと、三人でファレリーさんによく言い聞かせたという。あばら骨数本にひびが入り、鼻が折れ、歯が何本かぐらぐらになったことで、メアリーの父親は間違っていたと自覚したようだ。今後は一家を注視しているからなと脅されたことが、とりわけ功を奏した。その後、ファレリーさんは行動を改めた。

その数か月後、状況はさらに良くなった。というのも、ようやくファレリー夫人が勇気をふりしぼり、子どもたちを連れて姉の家へ移ったのだ。これで夫とも永遠におさらばだ。

その後も数年のあいだ、放課後メアリーをうちに連れて来て夕飯を食べさせた。食事が終わるとすぐ、メアリーは家に帰って行った。

第一部

素晴らしい子ども時代

私の子ども時代は、周りのすべてがキラキラ輝いていた——少なくとも、振り返ってみてそう思う。それなのに、夢も冒険も知らず、愛されることもなく、安心できる場所のない子どもがいる。そんなことを耳にするたび胸が痛む。子どもとはそういうものに囲まれている存在なのに。

1　ジャネットの出産

二十五歳になったその年は、赤ちゃんの当たり年だった。一九六二年のことで、すでに私は結婚生活にどっぷりとつかっていた。夫は精肉店で働き、私はささやかな婦人服店を営んでいた。娘のグウェンがよちよち歩き回り、息子のパトリックは生まれたばかり。ある日、親友のジャネットがわが家の戸口に現れた。話があるという。

ジャネットは同級生だ。アーノット百貨店できちんとした職についていて、今も両親と一緒に住んでいる。地元の青年には興味を示したことがない。この子は結婚しないかもしれないと両親は心配し始めていたが、賭け屋で働くハンサムなイギリス人のボーイフレンドができたと知り、とても喜んだ。ボーイフレンドの名はナイジェル。

私はナイジェルが好きになれなかった。だけど、そんなことジャネットには言えない。なにしろ彼に夢中だし、真剣な交際は初めてなのだ。だから放っておいた。成り行きにまかせればどうにかなるだろう。

自然は人生を狂わせるものだということを、私はすっかり忘れていた。そう、確かに今回も自然の摂理がはたらいた。

「妊娠したの」キッチンでテーブルの向こう側の席についたジャネットは、コーヒーカップの中をじっと見つめている。眼鏡越しにじろりとにらむ私の視線を、あえて下を向いて避けている。

「そう。じゃあ結婚式の招待状をどんなものにするか、決めなくちゃね？」

ジャネットは肩をすくめた「わからない。ナイジェルはまだ何も言ってくれないから」

「何も言わないって、どういうことよ？」

「昨日の晩、話したのよ。彼ね……そのぉ……喜んではくれなかった」

「何よ、それ。まさか殴られたとか？」そういうことならひとこと言ってやろうじゃないのと、ほうきの柄をひっつかむふりをしてみせる。

「とんでもない。そんな人じゃないわ、リオ。黙ってしまっただけ。どうしようって聞いたら、考えさせてくれって」

「何を考えるっていうのよ？」

「イギリスにいる家族のことじゃないかな。わからないけど」

「じゃあ今夜ナイジェルに会ったら、どうしたらいいか言ってやるのよ。ままごとはそのくらいにして――そろそろ落ち着きなさいって」

「うん、それはわかってると思う。ただ、ほら、予定が狂っちゃって」

私はジャネットの手を握った「そうね、予定はしていなかった。だけど予定なんて変わるものよ。それでもうまくいくから大丈夫」

ジャネットはにっこりした。

翌日、またジャネットがやって来た。喜びにあふれた未来の花嫁が、石段をスキップしながら上って来ると思いきや、がっくりと肩を落とし、目を真っ赤に腫らしている。

やれやれ。

テーブルについたジャネットの前にコーヒーを置いた「それで、どうだった?」

ジャネットが鼻をすする。

ああ、なんてこと。

「リオ——彼ね、昨日は一度も電話に出なかったの。家にも職場にもかけてみたけど」

「なんてやつ。だったらふたりで家に乗り込んで行って、とっつかまえてやろうじゃない」

ジャネットの目に涙が浮かぶ「今日の午後、もう行ってみたわ。あの人ね……あの人……」

そこまで言うと、わっと泣き出してしまった。肩を震わせ、流れ出る涙が塩辛い悲しみの跡をくっきりと頬に残していく。

「どうしよう、リオ——彼、行ってしまったのよ!」

うわ、最悪。

私はジャネットをぎゅっと抱きしめた「きっとね、いい解決方法を考え出すのに、何日かひとりになりたいのよ。どうしてかしらね、男ってやりたいことしといて、結果と向き合う段階になると、急におろおろするものだから」

ジャネットは頭を横に振っている「そうじゃないの。ナイジェルはもう、あそこを引き払ったって。大家さんにね、あの人……故郷へ……帰るって」そう言うと、また涙が噴き出した。

「故郷って、イギリスのこと? いまいましいイギリスに、帰ったっていうの?」

黙ったまま、ジャネットがうなずく。

ああ、ほんとにもう、最悪だ。

私はジャネットの隣に移ると、両手を彼女の手に重ねた「ねえ、こっちを見て」

ぎゅっとまばたきをして涙をおさえると、ジャネットは顔を上げた。唇が震えている。

「それで、あなたはどうしたいの？　言ってみて」

「わたし――わたし、結婚したい。そして赤ちゃんを産みたい」

私はうなずいた「わかった。それじゃあ、結婚以外はすべてやりましょ」

「どういうこと？」

「私たちには、ナイジェルを連れ戻すことはできない。ひょっとしたら、自ら戻って来るかもしれないけど。でもしばらくの間は、彼がいてもいなくても、ひとりで対処するのよ。この子を産みたいのなら、産みましょ」

「『産みましょ』って？」

「だから、産むのよ。ね、もし両親にこのことを話したらどうなる？」

「とんでもない。考えただけで具合が悪くなる」

私はジャネットの背中を軽く叩いた「大丈夫。ふたりでなんとかするの。きっとうまくいくわ」

ジャネットは、ごくりとつばを飲んだ「両親に殺されるわ！　それに、赤ちゃんを取り上げられる。そうに決まってる」

「今、両親に殺されれば、赤ん坊を養子に出される心配もないわね」とは言わないでおこう「そうね、それじゃあ知らせない方がいいわね」

ジャネットが私を見る。まるでシンナー遊びをする相手を見つめるような目つきだ「いったいどうやったら、両親に知られずに済むのよ！　大きなお腹の妊婦が家にいて、気づかないわけない」

いろいろなシナリオが、私の頭の中をぐるぐる巡っていた。この私にさえ無茶だと思えるものもある。けれどもようやく、これなら大丈夫という計画を思いついた。そう、これならきっとうまくいく。

「それじゃあ」私はもう一度ジャネットの手をぎゅっと握った「この計画でいきましょ」

『リオの立てたシングルマザー出産計画』

一　ゆったりした洋服を着る。マタニティーウェアと気づかれないよう、今すぐ始めて出産まで続ける。洋服に隠れた体の大きさがわからないくらいたっぷりとしてゆとりのある、だぶだぶの服を選ぶこと。誰かに理由を尋ねられたら、着心地がいいからと答える。それから、ひどい生理痛に悩んでいると詳しく説明を始める。この方法は、特に男性を黙らせるのに効果的。女性に対しては話題をそらすのに有効。

二　まるで明日という日が来ないかのように大量に食べ始める。両親や友達が見ているときは常に、太りそうな食べ物を口に詰め込んでいるようにする。クッキーやチョコレート、ポテトチップを必ず手元に置いておく。

三　大食いの理由を尋ねられたら、泣いて悩みを訴える（どんな悩みにするかは一を参照のこと）。「ブルーな気分」は、過食の正当な理由になるため。

ジャネットは計画を忠実に実行した。両親が疑いを持つことはなかった。幸い体重は増えても妊婦体型にならないタイプだったので、だぶだぶの洋服で隠すことができた。数人の友人と私も、ゆったりとした洋服を着ることにした。そういうファッションが仲間のあいだで流行っているのだから仕方がない、と両親はあきらめたようだ。妊娠期間が進み妊婦特有の歩き方をするようになっても、洋服でうまく隠した。

妊娠期間最後の数週に入ると、ジャネットは必要な物をスーツケースに詰め込んでベッドの下に隠しておいた。陣痛が始まった朝、スーツケースを引っぱり出し、リオと一緒に一、二週間旅行に出かけると両親に告げた。

私はジャネットを迎えに行き、病院へ連れて行った。小さな（とはいえ、健康な）愛らしい女の子が生まれ、ジャネットはその子をローズと名付けた。

私たちはローズを病院から私の家に連れ帰った。ジャネットは、まるまる二週間の旅行中、ローズとわが家で過ごし、その後自宅へ帰った。ドカ食いをやめ、ちょうど良いサイズの洋服を着るようになった娘を見て、両親はとても喜んだ。旅行が良い効果をもたらしたというわけだ。

それからは、ジャネットと頻繁に顔を合わせるようになった――というのも、ほとんど毎日わが家にやって来て、娘の世話に自分も関わりたがったからだ。ナイジェルからは、その後、何の連絡もなかった。まるで何も起こっていないかのようにいつも通りの生活をし、自分が作り出した新しい命に関わろうとしない、そんな人間がこの世に存在するなんて、あきれてものも言えない。

ローズは私を母親だと思って成長した。何年も過ぎ、高校を卒業して大学へ進学するというとき、事情を説明する機会をもうけ、ジャネットおばさんが本当の母親だと打ち明けた。こんな衝撃的な事実を子どもに知らせてもショックを与えるだけ、読者のみなさんはそう考えるかもしれない。でも想像して欲しい。わが家には里子や近所の子ども、友人の子どもやら路上生活から救い出した子どもが、常に出たり入ったりしていた。そんな家庭でローズは成長したのだ。ローズが動揺しなかったとは言わない。でも、私のやり方はわかっていただろう。それに、実の母親には別の選択肢はありえなかったと理解できる年齢になってもいた。

何よりも、ジャネットおばさんはずっと変わらぬ愛情を注いでくれたし、いつも支えてくれていた。ローズはそう感じていた。

結局のところ、いちばん大切なことは何か、子どもにはわかるものだ。

2　リオの誕生

私は現在七十六歳。自分の子どもふたりと、その他に一四〇人あまりの子どもの世話をしてきた――数週間だけの子もいれば、幼少期をずっと私の元で過ごした子もいる。昔は自分も子どもだったと思い出せなくなることがある。それでも、振り返ってみると、私は実に幸せな子ども時代を過ごすことができ、この上なく幸運だったと思う。おかげで、子どもはすべて私と同じように幸せであるべきだと思うようになった。始まりは同級生のメアリーなのか、はたまた友人ジャネットの小さな娘のローズなのかわからない。けれども、私は幼い頃からあまり考えずに救いの手を差し伸べてきた。

そうそう、傑作なのは、その幸せな子ども時代が、この世に生を受けた最初の日に周りのみんなの期待を裏切って始まったことだ。父は第一子には男の子が欲しかったのだが、願いはかなわなかった。母はおしとやかな女の子を望んでいたけれど、すり傷だらけの膝小僧のおてんば娘が、この望みをかなえることはなかった。

当てが外れたことにまだ気づかないうちに、両親は私に美しい詩のような名前をつけた――リタ・メアリー・オライリー。でも、名前にかけた思いさえかなわなかった。まもなく父が私をリチーンと――チビのリチーンと呼ぶようになったからだ。この名前を頻繁に耳にしていた私は、それが本名だと思い込んだ。小学校に入学した初日、クラスのみんなに呼び名を尋ねられ、「リチーン」という名は、五歳児にはそう簡単に発音できないと知り、驚いた。

「リーチィ？」

そうじゃない。

「リーツィ？」

「ちがうよ」力を込めて言う「リチーンよ」

とりわけ、友達になったばかりのメアリーは、この名前が気に入らないらしかった。

「変な名前」フンとばかにして言う。すぐにこう付け加えた「リオ、がいいわ」

きっと私もその名前が気に入ったのだ。それ以来、私はリオになった。もちろん、父にとってはずっとリチーンだったけれど。

このユニークな名前は私の性分にぴったりだった――私は父にとっては元気のいい子であり、母には厄介な子だったから。私自身もこの名前なら女の子として扱われることも――振舞う必要も――ないと思った。木に登ったり、裸足で野原を駆け回ったり、塀をよじ登って上から飛び降りたり――スカートをはいた女の子がそんなことをするはずがない。母はそう考えていた。残念ながら見当違い。

男の子のような私の性格を父は好ましく思っていたし、母は嫌がったので、口論になることもあったろう。今になってみるとよくわかる。けれども当時は、人生でいちばん大切なふたりから大事にされていると感じていた。ひとりには、ありのまま受け入れられるという形で、もうひとりには、半ば

五歳の頃、わが家の庭で。

あきらめの気持ちを伴うという形で。いずれにせよ、ふたりとも私を愛してくれた。両親の深い愛情というよりどころがあったからこそ、次から次へと冒険に乗り出すことができた。首輪も綱もつけられたことのない子犬のように、私は直感と好奇心のおもむくまま、真っ直ぐに突き進んで行った。

祖父が、私を裏庭にある秘密の魔法の世界へと導いた。草木の間に住む妖精たちの話をしてくれたのだ。私は、妖精の王国や領土、美しい音楽、幻の宴の物語を楽しみ、妖精は魔法をかけて人間をだますこともあると知った。

ああ、妖精に魔法をかけて欲しい、そう思ったものだ。

小さな妖精たちの気配を求めて、祖父とふたり裏庭を何時間でも探検した。妖精の酒盛りの音がしないかと地面に耳をつける。前の晩に降っていた雨が止むと、朝早くきのこが輪を描いて生えているところを探す。妖精たちが秘密の町を作り上げる場所に、うちの裏庭が選ばれた動かぬ証拠だから。

妖精なんていないと思ったことは、一度もなかった。いろいろな意味で、今でも妖精はいると思っている。

自然というものを、怖いとか薄気味悪いと感じたことはない。だからといって、勇敢なのではないけれど。むしろ、自分が死ぬはずはないという根拠のない思い込みのため、怖いもの知らずだったのだ。

冬の寒さがことさらひどいある年、母が新しい素敵なコートと帽子、それに手袋を買ってくれた。女の子らしい格好をするのは嫌ではなかったから——真新しい防寒具を得意げに身に着け、いい気分になっていた。ジャネットとメアリーの三人で司祭館の——そこは格好の遊び場だった——敷地を横切っていると、氷の張った池に吸い寄せられた。

いつもは、池の水面には小さなさざ波が立って泡が浮かんでいて、その下で金色の鯉がすいっと泳ぐたび、きらめきが走るのが見えた。ところがその日はいつもと違い、こちこちに凍った表面の上をうっすらと雪が覆っている。

「うひゃー、きっとお魚さんもこちこちだよ！」ジャネットが、怖いのか喜んでいるのかわからない声を上げる。

「お魚って、氷の下でも生きられるんでしょ？　池の底で体を温めて、何か見つけて食べてるんだよね？」メアリーは、常に現実的だ。

「じゃあ調べてみよう」もちろん、そんなことを言うのは私。考えるより、まず行動だ。

私たちは、葦が哀れに突っ立っている水際の、すぐ手前の凍った草の上まで歩いた。金色の鯉が小石のように氷の中に閉じ込められていると想像しながら池の中をのぞき込む。けれども、中はよく見えない。

私は、ブーツをはいた片足で池の表面をつついてみた。

「うん、けっこう分厚いわ」知ったような口をきく。

メアリーがいいことを思いついた「向こう側まで、氷の上を走って行けるわね？」

なんと素敵な思いつきだろう――池の上を走って渡るなんて！　その夏、まるまる太った鯉にパンくずを投げてやると、がぼがぼ飲み込んだ、その池の水面を駆け抜ける。そう思うと脚がぞくぞくした「うん大丈夫、渡れるよ！」

「それじゃあ行くわよ」

まずジャネットがスタートした。三メートルほどの池の上を、分厚いコートにブーツをはいた八歳の女児に可能な限りの速さでダッシュする。向こう岸に到着すると、こちらを振り返り跳び上がる「ほら、おいでおいで！」

次はメアリーが猛ダッシュした。向こう岸に着く直前、ピシッと、何かにひびが入るような気がかりな音がしたが、もうジャネットの隣に着いて笑顔で跳びはねている。

「早くおいでよ！」ふたりが叫ぶ。

私は走り出した。ところが池の中ほどで、鯉はいったいどうしているのかという疑問が、まだ解決していないことをふと思い出した。立ち止まり、下をのぞき込む。氷に色の違うところがある。私が立っている真っ白な部分に淵があり、その下の濃い色の部分は……水だ。

「ねえ！」私は声を上げた「下に水がある！　氷の下で、お魚は泳いでるんだよ！」

私は身をかがめ、あの黄金のうろこで覆われた姿がちらりと見えはしないかと、水の層の中に目を凝らした。

そのときまた、バリンと何かが割れるような、妙な音がした。

「今の音、なに？」メアリーが後ろの司祭館を振り返る。実のところ私たちは、氷の上に載るのは初めてだった。その音が何を意味するのかも、どこから来るのかも、知らなかったのだ。

氷の上を亀裂が走っていく。まるで、ガラスの破片でできた蜘蛛の巣の中心に、急に立たされた気になった。両足の下の分厚い氷が、ぐらりと揺れた。

悲鳴を上げた記憶はない。けれどもジャネットとメアリーによれば、私はバンシー*みたいな金切り声を上げた。でも、そのふたりも悲鳴を上げていた——割れた氷の間へ私がドブンと落ち、石のように池の底へと沈んでいくのを、地面の上で濡れることなく見ているしかなかったのだから。

＊　アイルランドやスコットランドの民話に登場する妖精。女の姿をしていて、キーという鋭い声で泣き叫ぶ。

水の冷たさに相当な衝撃を受けたはずなのに、覚えていない。記憶に残っているのは、落ちて行く感覚だ……下へ下へと沈み、ぬるぬるした池の底に、とうとう足がついた。本能的に、必死にもがいて、水面に浮かび上がった。

池の深さは、私の頭が少し出るくらいだ。ジャネットとメアリーが目を見張っている。私がバッシャーンと水面に顔を出したとき、鯉たちもそんな表情をしたに違いない。周りの氷は粉々に砕けていたから、浅いところまでなんとか移動することができた。

池の底を一歩一歩踏みしめ、水面から頭を出してしっかりとした足取りで池から出ると、私は水をしたたらせながら、ふたりの元に着いた。

急に静かになった――メアリーもジャネットも、その瞬間まで、こんな具合に叫び続けていたのだ。

「早く上がって来るのよ、リオ！」

「溺れちゃだめ！」

「こっち、こっち！」

「お母さんに殺されるわよ！」

最後の言葉は妙に冷静だ。水に濡れていない暖かい状態のふたりと、水をしたたらせ緑色のぬるぬるしたものをぶら下げた私は、こみ上げてくる笑いを、突っ立ったままどうすることもできなかった。

クスクス笑いは、きっかり三十秒後にはゲラゲラ笑いに変わった。

家へ向かう間じゅう、私はがちがち歯を鳴らしていたけれど、三人でその冒険を思い出しては笑った。この件は、その後も語り継がれ——まるで、あらゆるものが氷に包まれて不安定な極地ツンドラで起こったかのように、大げさな冒険談になってしまった。

家についてもまだ笑いが止まらず、母に話したくて駆けて行った。

「お母さん、お母さん！　すごいことがあったの」

おおっと。凍った鯉の池に落ちるより、もっと冷やかな反応が返って来た。

私には、おもしろくて驚くべき大冒険としか思えなかった。けれども母の目には、ぐっしょり濡れてぬるぬるになった真新しいコートしか映らない。

湿って冷たくなっていた洋服を引きはがされ、暖かいお風呂に入れられた。母は、あの真新しいコートと帽子、手袋を取り上げ、きれいに洗って干した。それですっかり元通りのきれいな状態に戻っただろう。でも、わからない。次に出かけるときは、古いコートを着せられたから。あの素敵な真新しいコートを目にすることは二度となかった。

凍った池に落ちた一件のあと、もう二度と無鉄砲なことはしないと、母に約束させられた。お気に入りの新しいコートを取り上げられ、私が少なからずショックを受けたことに、母は気づいていた。母親とは、そういうことを敏感に察知するものだ。だからこの一件で、この子はもう懲りただろうと考えたようだ。

それから二週間、私は母との約束を守った。庭の塀を乗り越えたい誘惑にも負けず、歩いて向こう側へ回る。かくれんぼに最適な隠れ場所を見つけても、ぬかるみの中を這ってそこへ行きたい衝動を抑える。万年筆のペン先ではなく、脇の部分からインクが噴き出すまでには、どのくらいの力で紙に押しつければいいか試してみたい気持ちも、ぐっとこらえた（この衝動を抑えるのには苦労した――やりたくて仕方がなかったから）。

けれども、あの木のことは、すっかり忘れていた。あの木の誘惑に勝つことのできる者はおそらくいない。

キンメイジ・マナー教会と聖霊教会、それに司祭館が立つ敷地に入る門をくぐるとすぐ、堂々とした樫の木が一本立っていた。神様と同じくらい昔からあるような古い木だ。幹の太さは車一台分、高さは教会の尖塔ほどもある。何よりも素晴らしいのは、枝が太くて、下の方のものはかなり地面に近いこと。葉の繁った枝が互い違いに幹から伸び、だんだん上にのぼっている。ちょうど梯子と階段の中間のような形になっており、いかにも登ってくれと言わんばかりだ。細い枝が密集して生えているし、枝の間にはつかまるのにちょうどいいこぶがいくつもあって、木登り好きには夢のような木だった。まるで、イエス・キリストが木登り用の木はかくあるべきと示すため、神聖な地面に植えてくれたように思えた。

木登りでいちばん大事なことは、もちろん、どこまで高く登れるかだ。ドミニクという男の子が、教会のドアの上にはめ込まれたステンドグラスの上部と同じ高さに達したのが、それまでの最高記録だ。この記録を破るなんてできっこないと思い込んでいる子もいる。

でも、ただ登りさえすればいいのではなかった。理想的な形をしていたから、登るのは簡単だ。問題は、司祭たちだ。登ろうとしている子どもがいると知り、木登り禁止令を出した。それが、ご想像通りの効果をもたらした――司祭の目を盗んで登る方法を考え出したのだ。

その方法とは、次の通り。まず、数人が通学鞄を持って木の下に集まり、葉の繁った枝の下の芝生に坐って教科書を開き、勉強しているふりをする。この、教科書を手にした子どもたちは見張り役だ。勇敢な子が登り始め、教科書を手にした子は、司祭の姿が見えたら声を上げて合図をする。おきまりの合図は、教科書の中を指で示して「ねえ、見て見て！」というものだ。すると登っている子は、司祭の注意をひかないよう、すぐさま動きをぴたりと止める。司祭が行ってしまうと、警報解除の合図があり、木登りが再開する。

木登り選手権は、計画的に行われるわけではない。人生におけるきわめて重要な瞬間のほとんどがそうであるように、まったく偶然に始まるのだ。

冬の終わりの珍しく暖かいある日、数人の友達と木の脇を通り過ぎようとしたとき、急に、木登りをしようということになった。幸か不幸か私は木登りが大の得意だ。枝から枝へと体を移すのは、歩いているのとほとんど同じくらいたやすい――リオには猿の血が流れているんだわ、とジャネットに軽蔑されたように言われたものだ。良いか悪いかは別として、これはもう才能だ。ドミニクほど高く登れるやつはいないよ、とブライアン・オドンネリに言われ、証明してやるという気持ちになった。自尊心が許さないからではなく、真実ではないからだ。私なら、てっぺんまで登れると自信があった。そこで、見張り役が教科書を広げて定位置につき、私の挑戦が始まった。

最初に脚を掛けるのだけは、ひとりではできない。手を伸ばしてもいちばん下の枝に届かないからだ。ブライアンとメアリーが鞄を重ねて上にのり、しっかり組んだ手の上に私をのせ、登り始めの地点へ押し上げた。

交互に枝をつかみ、片脚ずつ勢いよく振り上げて枝の上にのせながら、私は順調に登っていく。ちょうど、最初の休憩地点になっている、特に太い枝まで登ったとき、合図が聞こえた。さっと動いてできるだけ幹に体を寄せ、息を殺ろす。

息をひそめていたのは、ほんの一瞬で済んだ――司祭は急いで通り過ぎた。すぐにまた登り始める。高いところは怖くない。でも人並に引力というものを重んじている。下を見るとめまいがしそうだから、上を向いたままどんどん登っていく。ときどき下から声援が聞こえる。私の気を散らせようと野次も交じっている――ああ、ドミニクが到着したな。自分の記録が破られないよう、やっきになっている。

何度か、危うく落ちそうになった――膝をすりむき、手の甲の関節をこすり、しなった枝が目にぴしゃりと当たる――それでも、たゆまず登り続けた。常に上を向き、しっかりとつかまることのできる枝を探す。

体を持ち上げてこぶだらけの枝の上にのせたとき、下でどよめきが起こった。いつもの合図ではないようだ。

「その場所から見てごらんよ!」とメアリー。

別の声もする――「ステンドグラスだよ! ステンドグラス!」

教会の正面を見ると、たしかにステンドグラスとちょうど同じ高さだ。ドミニクの記録とほぼ同じところまで来ている。

みんなに手を振ろうと、下を見る。おーっと。

みんなの顔が小さく見えて面食らってしまい、少しよろけた。すぐに目をそらし、またステンドグラスを見る。うん、こっちを向いている方がいい。

一瞬ひるんだけれど、てっぺんまで登ってやるという決意は変わらない。すぐ上の中くらいの太さの枝に手をかける。この枝にぶらさがって、勢いをつけてちょっと体を振れば、今からだをのせている枝の少し右上にある、もっと太い枝に上がることができる。枝に手をかけて体を揺らしたそのとき、合図がした。

「ねえ、見て見て！」上にいる私に向かって甲高い声が一斉にそう叫ぶ。いつになくせっぱつまった声だ。

脚を大きく振って太い枝に掛けようとしたけれど、枯葉が貼りついた枝はつるつるして、しっかりと脚をのせることができない。宙ぶらりんのまま揺れがようやくおさまったときには、足元に何もない状態だった。じっとしたままぶらさがっている。音をたてたり動いたりしたら、司祭が気づいて顔を上げる。

警報解除の合図を待つ。あせった仲間たちが教科書を逆さに読んでいることなどには目もくれず、急いで門を出ていく司祭の姿が見えるはずだ。司祭が行ってしまえば合図がする。

そして、待った。

腕が震え始めた。枝に向かって体を振るつもりはない——大きな音を立ててしまうから。それに、動きが目に留まってしまう。指が滑りそうだ。腕にかかる重さを軽くしようと、靴のつま先を木の幹になんとかひっかける。これで、もう数分は大丈夫。

警報解除の合図は、まだ聞こえない。腕だけでなく、脚にも震えが来た。いったい下はどうなっているの？

さっきまで身を預けていた太い枝の上に戻ろうと、やっとのことで片手を離し、左にある中くらいの太さの枝をしっかりつかむ。片手でその枝をつかんだまま、片脚を太い枝の方へ振る。脚が枝に届いた瞬間、もう一方の手がすべって枝から離れ、バランスを崩した。片脚を太い枝に置き、片手で中くらいの枝をつかんだまま、もう片方の手は別の枝をつかもうとしてはすべり、ほとんど逆さの宙吊り状態で、片腕と片脚を枯葉の間でむなしくぶらぶらさせた。小さな枝が一本折れ、ひらひらと地上へ落ちていく。

はっと息をのみ、さっきまでざわついていた地上に注意を向ける。司祭がとがめるような目つきで見上げているに違いない。

けれども、司祭の姿はなかった。ああ、良かった。

ところが、誰の姿も目に入らない。みんないなくなっていた――通学鞄ひとつさえ、残されていない。

なんてこと。宙ぶらりんでゆらゆら揺れながら、何が起こったのかと考えていると、右側のステンドグラスが視界に入った。ああ、あと少しだ。頭の上にちょうどいい枝が数本、階段のように続いている。ステンドグラスのいちばん上を楽に超える高さまで行けそうだ。

あそこまで登ってやろう。少なくとも、音を立てることについてはもう心配しなくていい。私は登り始めた。幹にある古い溝の淵や木の皮のひだに体をこすりながら、次々に枝をつかみ上へ上へと体をまっすぐに持ち上げていく。細長い枝に髪が引っ掛かった。体を上へ持ち上げようとすると、引っ掛かったままのカールが、そよ風にゆらゆら揺れた。

下を見ずに、上へ上へと進む。脚をこすってタイツに穴をあけるなどというつまらぬ心配もすることなく、どんどん登って行く。

あたりは急に静まりかえってしまった。聞こえるのは、枝がきしむ音だけだ。ついに、体をのせることのできる太い枝は上にはもうないところに来た。その上の二メートルほどは、幹はだんだん細くなっている。そこから細々とした枝が数本出ていて、そこにしなびた葉がしっかりとしがみついている。

もうこれ以上登れないところまでたどりついたのだ。辺りをぐるりと見渡してみる——教会の尖塔の開いた部分から中の鐘が見える。生まれてこのかたずっと、日曜や祝日、結婚式や葬儀、それに洗礼式にも、この鐘の音を聞いていた——でも、鐘そのものを見たことはなかった。鐘は、鳥の糞だらけだった。

そのとき、ふと気づいた。木登りキャリアの最高記録を打ち出したというのに、目撃者がひとりもいない。これでは、誰ひとりとして——とりわけドミニクは——この快挙を信じない。

体を預けることのできる枝としてはいちばん上の大枝に、まったくレディらしからぬ格好で腰をおろし、コートのポケットを探る。使用済みのバス券やお菓子の包み紙、噛み終わって硬くなったガムに紛れて、瓶の王冠があった。とがったふちの部分を木の皮に当て、削り始めた。かろうじて「R」と「O」と見える文字が薄く浮かび上がった。リオ・オライリーここに到達。

手につばを吐きかけ、刻んだ文字の上を手できれいに拭いた。よし、できた。

さあ、降りよう。てっぺんに着いて以来初めて、まっすぐに下を見た。

うそぉ、やばいよ。

少しのあいだ、ぎゅっと目をつぶり幹にしがみつく。そのあとは、次の足場だけを見るようにした。くらくらしている場合じゃない。

降りるのには、登るのと同じくらい時間がかかった。見張り役がいないので、急いで降りて大きな音をたてたくない。

ようやく、いちばん下の大枝までできた。仲間の姿はどこにもない。寒さに震え、空腹で疲れ切っているのに、誰の手も借りずにここから地上へ降りる方法を考え出さなくてはならない。でも、たった今やりとげたことに比べれば、それほど難しいことではないな。

足場にできるくらい幹の皮が盛り上がっているところがないか、試しに脚でこすってみる。ちょっと危ないな——つるつるしているところもあれば、しわが寄ってざらざらしている部分もあるようだ——うん、このあたりなら、脚をかけられるかも。

やってみることにした。枝から体を降ろし、両腕でぶら下がって脚で幹を掻くと、脚が引っ掛かった。あとは、細い枝か大きなこぶにつかまって、と。

「そこで、何をしているんだ？」

びっくりして、心臓が口から飛び出しそうになる。

後ろから声がした。間違いない。司祭のオダウド神父だ。

「もう半時間も前に、子どもたちはみんな追い払ったはずだが。早く、降りてきなさい」

私は、司祭の頭のすぐ上にぶら下がっていた。地面までの距離を、どうやって降りろというのだろう。天使みたいに翼が生えて、雲に包まれてゆっくりと地上へ降りることができるとでも思っているのか。慌てて両手で幹にしがみつこうとした。つま先は幹にひっかけたまま。

枝にあごを嫌というほど強く打ちつけ、私は司祭の足元にドシンと落下した。地面に体を強く打ちつけたため、息ができない。

司祭は手を伸ばすと私を引っ張り起こした。ようやく息ができるようになった私のあごから首へと、よだれが一筋流れていく。急いで袖で拭う。

「さあ、もう大丈夫だろう?」

その表情を見て、大丈夫なわけないでしょ、とあえて答えたくなる。どんな言葉が口をついて出てくるか自分でもわからないまま、こっくりうなずいた。舌の先には、悲鳴が出かかったけれど、ぐっとのみこんだ。

ひとことも口をきかず、私は走り去った――司祭と、私のイニシャルを後に残して。

何年も後になって、キンメイジ・マナー教会が建て直されることになり、樫の木も切り倒された。本当にてっぺんまで登ったことを友達に証明できる最後の機会だったけれど、そんなことに興味がある人は、もちろん誰もいなくなっていた。

母だけは、私が木登りをしたことに気づいた。というより、私が何かやらかしたと思ったようだ。タイツに穴が開き、手の甲には擦り傷を作り、顔はひっかき傷だらけで、靴はよれよれ。動かぬ証拠だ。もっとも、この程度ならいつもどおり言い訳できた。けれども、あごの皮がむけていることだけは、どうにも言い逃れできないのだった。

3　悪戯盛り

私が子どもの頃は、近隣に住む人たちはみんな、聖霊教会が運営する農場の手伝いをしていた。私の祖父も、週に何日か午前中はそこで働いていて、私たち孫も、夏休みの間手伝いをした。農場にはしなければならない仕事がたくさんある。昔は、司祭と修道士だけで仕事のやりくりをしていた——小麦を栽培し、乳牛や肉牛を飼育し、他にも鶏や豚、アヒル、羊を飼っていた。広い野菜畑があり、ハーブ栽培もしていた。けれども、修道士の多くは説教に精を出すようになり、司祭は協会の寄付金集めに忙しくなったので、農場の仕事は教区の住民たちに任せるようになったのだ。祖父が農場に行くときは、私も喜んでお供した。

木登り仲間のドミニクとブライアンも、よく農場に来ていた。親と一緒のこともある。学校でいたずらをして、その罪滅ぼしや罰として雑用をさせられていたのだ。野外で体を動かすことで悪い行いを洗い流すというわけだ。でもたいていは、彼らが多少なりとも持ち合わせている常識を洗い流してしまうだけだった。

そうはいっても、農場は子どもには天国のような場所だ。干し草が山のように積まれているし、大きな納屋のすみずみは探検のしがいがある。広々とした野原もあるし、へんてこな道具や面白いものでいっぱいの小屋がある。干し草の俵を積み重ねて城塞やお城を作ったり、はしごを上までのぼってロープを伝って降りては楽しんだ。だから、雑用なんてどだい無理な相談だ。

ある日の午後、祖父が農場の羊を雄と雌に分ける手伝いをしている間、私は干し草の山で遊んでいた。ドミニクは仕事を言いつけられていた。修道士のブラザー・ノーランが大切にしている鶏を入れておく囲いの中から糞をかき出すというものだ。ところが、手にしたシャベルで干し草俵を階段状に積み重ねている。はしごを使わずに納屋の屋根裏へよじのぼろうとしている私の手助けをしているのだ。ブラザー・ノーランが納屋に入ってきたとき、私たちは、干し草が転がり落ちそうな部分を押さえつけている最中だった。

「ドミニク！」修道士が声を上げた。

くるりと振り向いたドミニクの手から、シャベルがすとんと落ちた。

ブラザー・ノーランという人物は、調子が良いときでさえ少々いかれたような表情をしている。今日の修道士は、カエルのような目玉がいつになく大きく飛び出していて、こめかみには真っ青な静脈が波打っている。

ぎこちないしぐさでドミニクはシャベルを拾い上げた。

「すみません。ぼくはただ……そのぉ……リオに手を貸してやりたくて」

修道士は言い訳に耳を貸さない。ドミニクの片耳をつまみ、ひねり上げた。

「今すぐ囲いの中に入って仕事を終わらせるんだ！」そう言いながら、ドミニクに無理やりシャベルをつかませると、庭へ押しやった。片手でシャベルを引きずり、もう片方の手で耳を押さえながら、ドミニクはよろよろと出て行った。

私には目もくれず、修道士はきびすを返すとぷんぷんしながら出て行こうとした。あのとき、どうしてそんなことをしたのか、自分でもわからない。私は泥の塊を拾い上げ、去っていく修道士の背中めがけて投げつけた。

コントロールが良すぎたのが運のつき。泥は修道士に命中し盛大に飛び散って、真っ黒な修道服を台無しにした。修道士は、恐るべく速さで振り返り——たぶん長年のあいだ、男の子たちに紙つぶてを投げつけられていたのだろう——水から上がったグッピーみたいにぽかんと口を開けている私をにらみつけた。

「今すぐここに来なさい、そこのお嬢さん！」

唇をぺろりとなめ、私は逃げ道がないか見渡した。そして、くるりと向きを変え、干し草の山をまっしぐらによじのぼり、突き出ていた屋根裏の床に跳びのった。後ろを見なくても、修道士が追いかけて来ている音がする。屋根裏にある樽や袋、干し草俵のあいだを縫って駆け抜け、私は脱出口めがけて走った。とはいえ、はしごに戻ったのではない。はしごを下りている間に、体格的に有利な修道士にすぐに捕まって、耳をつまみあげられかねない。

幸い、出口はもうひとつあった。体の小さな私に有利な出口——干し草を下に落とすための穴だ。すぐ下にある牛の囲い場所につながっている。寒い日には、そこで牛たちが、胃の中の食べ物をのんびりと反芻している。今日は干し草を運ぶための荷車が一台と、じめじめしたふんの山がいくつかあるだけだ。飛び降りても、けがはしない。両肩がようやく通る大きさの、その穴めがけて突っ走り、中へ飛び降りる。干し草と牛のふんが混じり合った上に、ドシンと尻餅をついた。

上からブラザー・ノーランの叫び声がする。私がどこに消えたかわからなかったのだ。すぐにドスンと鈍い音がして……、一瞬しんとした。かと思うと、わめき声がし始めた。

見上げると、修道士の脚が空中にぶらさがっている。脚は狂ったようにもがいていて、じたばたするたびに干し草や泥が上からぱらぱら落ちてくる。天井でさえぎられて何を言っているかはわからなかったけれど、後でマリア様への祈りを何度も捧げなければならなかっただろう。

私は立ち上がり、裏庭へ向かった。白黒のぶちの鶏を入れておく囲いの中で、ドミニクとブライアンが糞をシャベルですくい、手押し車に入れていた。ドミニクはじっと下を向いたまま、ときどきしゃくりあげている。

「ちょっと隠れさせて」と私。

ブライアンが、にやりとした「隠れるって、誰から?」

「ブラザー・ノーランよ。今、干し草を投げ入れる穴にはまっちゃってる」

ふたりは、けたけたと笑い声を上げた。でもすぐにドミニクの表情が曇った。

「穴から脱出したら、かんかんだぞ」

「少しは私たちに優しく接するよう、思い知らせてやる必要があるわ」と私が言う「あれじゃあ、単なるいじめっ子でしょ」

「だけど、誰があいつを懲らしめてくれるんだい」とドミニク「修道士が子どもに何をしたって、大人は気にとめもしないからな」

「でも、誰かが灸をすえてやらなくちゃ」

私たちは、しばらく顔を見合わせていた。辺りが静かになり、小屋の中で鶏がコッコッと鳴く声が聞こえてきた。囲いの中を掃除する間、そこに入れられているのだ。

「ねえ、いい考えがあるわ」私は話し始めた。

ブラザー・ノーランは、どこにでもいるありふれた鶏のほかに、高価な品種を四羽飼っていた――ドーラ、フローラ、カルメン、ビビエンヌと名づけて。フランス原産のウーダン種だ。純白の羽毛に黒いぶちがあり、頭には飾りのように見事なとさかがついている。本当に美しい鶏だ。

修道士を懲らしめるため、私が考え出した策略は、その大切な鶏を数日間監禁する、というものだ。それまでのところ、計画はうまく進んでいた。私たちは農場の裏の森に来ていて――ブライアンとドミニク、ドミニクの妹のテス、それに私――それぞれが鶏の足にひもを結んでいるところだ。ひもの反対側は、木に結び付けられている。私はとうもろこしを一握りポケットから取り出して地面にまいた。鶏がついばみ始めた。サイズの合わないブレスレットをしているみたいに、ときどき、ひもの結ばれた足をぎこちなくひきつらせる。どの鶏も、つながれた木から遠ざかることに興味はなさそうだ――とうもろこしから離れたくないのかもしれない。

「楽しそう、よね?」楽しそうな鶏とはどんな風なのか、テスにはいまひとつわからないけれど、穏やかに地面の餌をついばんでいるのは好ましい兆候ではないかと考えたようだ。これを森へ運ぶようにと、何やら中でもがいている麻袋を渡されたとき、テスの小さな手はがたがた震えていた。するどい爪のついた足やとがったくちばしは怖かったけれど、テスは兄の手助けをしたかった。

ブライアンが、小さなブリキの容器と水の入った瓶を鞄から取り出した。私は膝をつき、鶏が容器から水を飲むことができるよう、地面の邪魔なものをのけた――ひもをひっかけて、容器をひっくり返さなければいいけれど。そんなことになりそう。鶏って、意外とまぬけだから。それに、容器に水が残っているかどうか、ときどき見に来なくちゃいけないな。

策略の第二段階は、麻袋をもとの場所に戻しておくことだ。これについては、あらかじめ考えておいた――袋がなくなっていることに誰かが気づいたら、農場のみんなに内部の人間の仕業だとばれてしまう。

ドミニクや他の少年にひどいことをした修道士を懲らしめるには、手伝いの子どもたちのつまらないいたずらなどではなく、もっと怖がらせる必要がある――いつ、どこから降りかかってくるかわからない、神がお与えになる天罰を怖がらせなくては。

農場のはずれまで戻って歩みを止め、とげのある生垣の後ろに身を隠した。葉の間からこっそりのぞき、誰もいないのを確認する。たそがれどきで、暗くなりかけていた。辺りはしんとして、向こう側にある家畜小屋から、豚や牛がごそごそ体を動かし、鼻を鳴らす音がするだけだ。誰かが勇気をふりしぼってここから出て行き、任務を遂行しなくてはならない。ブライアンがその役を買って出た。生垣から出たブライアンが小屋の中に麻袋を投げ込み、駆け戻って来るまでの二分間、私たちは息を殺して待った。

「遠回りをして帰らなくちゃいけないわよ」私は言った「ここから出るところを見られないようにね。今日私たちが鶏に近づいたことを、気づかれちゃ困るから」

森の中を歩きながら、大切に飼われている鶏を盗むのは重罪かそれとも軽い罪で済むのか、テスはどうしても知りたがった。ブラザー・ノーランを懲らしめるため、盗むのではなく拝借するだけ――許可は得ていないけれど――と、説明してあった。まだ幼いテスは、カトリック教理をすべて学んではいない。修道士をどうしても懲らしめなくてはならないとしても、いったい何が正しいのかわからなくなってしまったのだ。

突然、強い光がパッと差したかと思うと顔に当たり、私たちは立ちすくんだ。

「きみたち？　こんな遅い時間に何をしているんです？」

間違いなく、司祭のオダウド神父の声だ。目の前に立ちはだかる司祭の顔を見上げながら、うしろめたい気持ちでいっぱいで、誰も答えることができない。

「で？　こんな遅い時間に、子どもがここで何をしているんです？」

いつもならよく回る私の舌が、パンパンに膨れ上がったメロンみたいに口の中に詰まって、ちっとも動かない。

意外なことに、口を開いたのはテスだった。幼いテスが細いまつ毛の端に涙をためて、震える声で言ったのだ「あの、神父さま――私たち、聖堂に行って来たんです」

首から頭がはずれそうな勢いで、私はテスの方を見た。名案だわ――どうして思いつかなかったんだろう？

「聖堂？　こんな遅い時間にどういう理由で、四人揃って聖堂へ行ったんです？」

そのか弱い唇で、小生意気にもっともな理由を述べ立てるのかと思えば、テスはヒステリックにむせび泣き始めてしまった。罪を犯したことに、カトリック教徒として耐えられなくなったのだ。

「ああ、神父さま！　私たち、ひどいことをしてしまったのです」

不吉な静けさが訪れた。

「ひどいこととは、どんなことです？」司祭の声は、激しい癇癪持ちの人間が、努めて感情を抑えているようなトーンを帯びている。

私の舌は、また凍りついてしまい、うまく動かない。口を開いたのは、やはりテスだった。

「今週は、誰も罪の告白に行かなかったのです、神父さま。その罪滅ぼしとして、遠回りをして帰るところです」

懐中電灯の光が、私たちの顔を次々に照らした。実のところ私たちは、司祭が見たこともないくらい哀れな、うしろめたい表情をしていたに違いない。

「わかりました。遅くなるとご両親が心配します。早く行きなさい」

奇跡だった。

翌朝、ブラザー・ノーランは、鶏がいなくなっているのを発見し、教区中に警報を発した。そのヒステリックな様子は、怖いくらいで――私たちは、大満足だった。

私たちは言われたとおりに捜索を手伝い、農場の周囲をしらみつぶしに捜して回った。修道士は、心を打たれたようだ――というのも、私たちが遠い森の中まで捜しに行くのを買って出たから。見つからなかったと報告したのは、言うまでもない。

どんなに捜しても、大切な鶏たちが見つからないことに、修道士は苦しみ、イライラを募らせた。だから、姿を消した二日後の朝、いつもどおり修道士が、平凡な雌鶏が産んだ平凡な卵を集めに行ったところ、聞き慣れた鳴き声がコッコッと聞こえたときは、心臓が止まるほど驚き、狐につままれたようになったに違いない。なんと、鶏が戻っていたのだ――ドーラ、フローラ、カルメン、それにビエンヌ――失踪した日とまったく変わらぬ様子で、意気揚々と囲いの中を歩いている。

いったい何が起こったのか、納得のいく説明のできる者はいなかった。事件は謎に包まれたままになった。けれどもこの一件で、望ましい効果が表れ――修道士の態度が、少し変わった。ひょっとすると、神が自分に満足されていないのが原因だと思ったのかもしれない。神が、ご自身を信じる生き物たち――翼の生えていない方の種だ――との関係を試すのに、この試練をお与えになったと思い込んだのだ。修道士は、本当に少し態度を改めた。

騒ぎがおさまった数日後、私は祖父とふたりで農場へ向かって歩いていた。

「妙なんだよ」と祖父が言った「誰も気づいていないようだが、餌用の麻袋の何枚かに、鶏の羽がついている。黒いぶちのついた白いやつが」

私は無言のまま顔をそむけた。うしろめたい顔を見られたくなかったからだ。黙ったまま、私たちは歩き続けた。祖父がその件を持ち出すことは、二度となかった。でも、あの美しく気高い鶏たちが専用の囲いの中を堂々と歩いているのを目にするたび、にやりとするのだった。

父、三人の妹、弟と。後列真ん中が私。

4　イチゴ摘み

夏の終わりといえば、クロイチゴの季節だ。私も仲間と一緒にクロイチゴを摘みに出かける。野原の周りをぐるりと囲んで生い茂る繁みから、イチゴを摘みとっては口に入れ、食べきれない分を、手にしたかごや枕カバーに入れていく。わが家は都市部にあったけれど、草ぼうぼうの野原が、眠っている猫のように静かに、住宅地をぐるりと囲んでいた。野原は、まるでもうすぐ消えてしまうのを知っているように、息をひそめて存在していた。

ある日、いつもの仲間たちとクロイチゴを摘みに出かけた。十歳という大人の年齢の私が年長で、他はほとんどが年下だから、面倒をみてやる必要がある。デレックという男の子は、よく熟れたイチゴとまだ緑色のものとを区別することができない。色の違いが決定的な要因になるとは思っていないのだ。デレックにとっては、手の届く場所にあるものはすべて摘んでいいし、食べられるイチゴだ。芋虫をのせたままイチゴを食べたこともある。泣き出したが、口の中のものを自分で吐き出すことがどうしてもできなかった。成長したデレックは立派な体格の大人になった。芋虫を食べたのが良かったのかな、と密かに思っている。

幼いテスはクロイチゴのとげに絶えず悩まされた。髪をからませては金切り声を上げ、洋服を引っかけては泣き出した。とげで手をひっかこうものなら大惨事で、金切り声を上げながら泣き叫ぶ。私が傷の手当てをしてやるまで、クロイチゴ摘みは中断するのだった。

メアリー、ジャネット、それにテスの姉であり私の友達のナンは、パイに入れるのに十分なクロイチゴを摘んでくるよう、それぞれの母親からよく言い聞かされていた。残念ながら、それが正確にどのくらいの量のクロイチゴなのか、三人とも見当がつかない。ジャネットは、ひとつ食べるごとに二つかごに入れたらいいんじゃない、と持論を持ち出した。時間がたつにつれ、比率がだんだん崩れてきて、ひとつ食べてはひとつ入れることにした。

その日は暑すぎず、ちょうど良い暖かさだった。だから、レインコートを羽織った男が近づいてきても、おかしいとは思わなかった。野原の反対側から、生垣に沿ってぐるりと歩いて近寄って来た男に、全員が気づいた。知り合いではないけれど、どこか見覚えのある顔だ。まるで、知り合いの誰かに似ているような感じ。最初に奇妙に感じたのは、男が私たちよりずっと年上だった点だ。イチゴ摘みは子どもの仕事だし、男はかごも手にしていない。私がそう指摘すると、あの人はコートのポケットで十分なのよとメアリーが言う。もしそうだとしたら、パイを作るつもりでないことは明らかだ。

私たちは、またイチゴを摘み始めた。するとテスが先の尖った葉に囲まれて動けなくなった。大パニックを起こし、動揺がひどくて悲鳴をあげることすらできない。ひりひりと痛む足首を解放してやり、私も葉っぱやとげに引っかからないよう注意しながら、慎重に助け出してやる。テスを脱出させてしまうと、葉っぱに触った私の左手はひりひりするし、目の下を棘でひっかいていた。

救出されたテスはまだべそをかいていて、デレックは緑色になり始めたばかりのイチゴに向かって突進し、他の女の子たちはパイを作るのに十分な量のイチゴを摘んでしまい、私は棘にやられた手に草をこすりつけていた——そんな状態のとき、背後に足音がした。

いつもは実に冷静なメアリーの、いぶかしげな表情が目の端に映る。私は振り返って、近づいてきた男を見た。レインコートを着ている。私には、男は相当年を取っているように見えた――少なくとも、二十二歳くらい。当時の私には、二十二歳も八十七歳も大差はなかったから。いずれにせよ、仲間でも知り合いでもない。恐くはなかったけれど、妙だなとは思った。

初めのうち、男はただ突っ立っていた。仲間はイチゴを摘み続けている。男は、どうしたものかと思案している様子だ。レインコートのポケットに突っ込んだ両手を、ぎこちなくもぞもぞさせている。ひもをきちんと結んでいないブーツと、ぶかぶかのレインコートのすその間から、毛むくじゃらの脚がのぞいている。

まず頭に浮かんだのは、クロイチゴ摘みをするときは長ズボンを履くものなのに！　ということだ。チクチクする葉でいっぱいの草むらに足を踏み入れた男が、テスのように悲鳴を上げる様子を想像してみる。イチゴ摘みにふさわしい格好をしたらと、助言しようとしたけれど、こちらをじっと見つめる男の奇妙な視線が、私を思いとどまらせた。そうだ、何気ない会話の中でこの場にふさわしい服装の助言をしてやれるかもしれない。私は言葉をかけた「こんにちは。調子はどう？」

校庭なら、こういう風に話しかければいつもうまくいく。けれども男は、ポケットの中の両手をごそごそ動かし続けるだけだ。まばたきもせず、穏やかとはいいがたい目つきでこちらを凝視していることに、そのときようやく気づいた。とにかく、すこぶるユニークな方法で男はアクションを起こした。無言で立ったまま、レインコートの前をパッと開いたのだ――なんと中は、生まれたままの姿だ。まあ、ブーツは履いていたけれど。

大人の男の体のしくみはよく知らないけれど、弟のオムツを替えたことはある。だから、その部分がどんな風なのか、だいたいわかってはいた。けれども、それが異様なほど大きくいきり立っているのを見て、ぎょっとした。なぜそんな状態なのかは知らないが、それを見せるということが、極めておかしい行為だということはわかった。

全員がいっせいに悲鳴を上げ、かごや袋が手から落ちた。男は、私たちを脅すように一歩前へ踏み出る。その瞬間、私の中で恐怖がすっと消えた。私は、仲間の前へ進み出て両手を広げた。

「あっち、へ、行け！」

あんなに大声で叫んだのは生まれて初めてだ。ありったけの力を声に込めて、男の毛むくじゃらのがに股を打ちのめしてやりたかった。

ブーツを履いた足で突っ立ったまま、男は少し動揺したように見えた。そして目をぱちくりさせた。それが合図のように、みんな口々に大声を上げ、駆け寄ってきて私の後ろについた。

「おまえなんか、行っ、て、しまえ！」

私の怒鳴り声と仲間の叫び声が重なって、どうやら男はいたたまれなくなったようだ。レインコートの前をかき寄せ、後ずさりする。私たちは声を上げ続け、男はじりじりと後ずさりしていく。そして、ついにくるりと後ろを向くと走り出した。でこぼこの野原をつまずきながら走って行き、生垣の向こうへ消えた。

小さな腕が腰にしがみついてきた。テスが泣きながら震えている。他の女の子たちは蒼ざめて困惑した表情だ。デレックが聞いてきた「今のあれ、なんなの？」

なんと答えたらいいのか。私にはわからなかった。

その晩、両親には何も話さなかった。なぜだか、人に話すようなことではないように思えたからだ。

それに、当の男は逃げ去ったから、できることはもう何もない。ところが、ジャネットとテス、それにデレックも、その一件を両親に報告した。聞きつけた私の両親は、すぐに私を食卓のイスに坐らせ、心配そうに聞いてきた。レインコートの男を追い払ったというのは本当か。

一部始終を話すと父がうなずき、母を見ながら言った「オハラさんとこの甥っこに違いない」

ハッと息をのんだ母は、片手を口に当てた。知人がそんなことをするなんて、とショックを受けたのだ。

私を見つめて父が口を開いた。

「あの男は、ちょっと足りないのさ。悪さはしないからって、好きにさせている」

「別に、人にけがをさせてはいないわよ」

なぜあの気の毒な男の肩を持つようなことを言ったのかわからないけれど、本当は心の底からそう思っていたのではない。あの日のできごとが理解できたのは何年も後のことだ。あのとき、目に見えない境界を——純真な心とその喪失との間にある、紙一重の境界を——越えてしまった気がする。それからは、境界を越えた向こう側へじたばたしながら無理やり引きずられて行ったように思える。

おつむの弱いオハラ青年を愛する両親は、私がその後遭遇した、自分の子どもを愛せない親たちよりずっとわかりやすい。私の子ども時代は、少々風変わりだったけれど、何の心配もなく幸せに満ちあふれていた。だから、子どもが愛されも望まれもせず、世話もしてもらえない世界に対する免疫が、私にはできなかったのかもしれない。恵まれない状況の子どもに直面すると、やむをえない事情で一時的にそうなのだと、考えるようにしていたものだった。

今でもたいていの場合は、そう思うようにしている。

5　ヒューイとの出会い

子ども時代は楽しかったけれど、私もふたりの妹も、大人の女性になる過程を大いにエンジョイした。幼いころおてんばだった私も、ドレスアップをしてルージュを塗り、ストッキングにハイヒールという格好でパーティやダンスに出かけては楽しんだ。もちろん、男の子にも興味を持っていた。両親には悪夢だったろう――女性ホルモンの分泌がそれぞれ異なる段階の娘が三人。娘たちが羽目をはずさないよう、父は厳しいルールを定めた。午前零時きっかりには、必ず帰宅していなければならない。言い訳は無用、泣き言も言わせない。門限を守らないと、えらいことになる。時計が夜の十二時を打っても、シンデレラだってこれほどひどい仕打ちを受けてはいない。このルールさえあれば、娘たちの素行は悪くならないはずだった。そういうことなら、こっちにも考えがある。

私には、共犯者ともいえる悪友がいた。木登りをしたり鶏を木にくくりつけたりする時期を終え、結婚する前、ドリスという名の同い年の女性と仲良くなったのだ。ドリスは歌とダンスが得意で本当に楽しい友達だ。当時の楽しみは主にダンスで――男の子との出会いもダンスホールだった。その頃、ダブリン南部でいちばん人気があるダンスホールはオリンピアといった。膝小僧をすりむき思いのままにふるまっていた私も、若い女性としてのたしなみ――ダンスもそのひとつ――もちゃんと学んでいた。ストッキングを履いてルージュをひき、ドリスとふたりでオリンピアへ繰り出すのが土曜の夜のお決まりになった。

ドリスは金髪の美女で、いつも人なつこい笑顔を浮かべている――当然のごとく、青年たちはドリスの周りに群がった。一方私は、褐色の髪でふくよかな体つき――けれども、物怖じせず誰とでも話したし、一パイントか二パイントのビールを飲んでも酔ってばかなことをすることもなく、一晩中踊り明かすことができた。だからふたりとも、それぞれに魅力的だったと思う。

私が最初に落とした獲物は、トミー・ファーガソンというハンサムな青年だ。背が高くすらっとした十九歳の若者で、栗色の髪にはウェーブがかかっていて、笑うと片方の頬にえくぼができる。足さばきの見事な、オリンピアで一、二を争う踊り手だ。もうひとりのダンスの名手はといえば、トミーの双子の弟だった。

そう、トミーとティミー、ファーガソン兄弟だ。なんと魅力的な双子だろう。まるで大好きなアイスクリームが二種類、ひとつのコーンに盛られているようだ。私はデザートには目がないし。

はじめに私を誘ったのはトミーだった。金曜の晩に映画を見に出かけ、それからコーヒーを飲んだ。午前零時には家へ帰り、門限を守って両親を安心させ……それから、辺りが静まり返ると、一階にある私の寝室の窓からこっそり抜け出し、またトミーと落ち合い、相当遅い時間まで夢中で踊った。

トミーは大好き――一緒にいてすごく楽しい――でも、特定のボーイフレンドをつくって落ち着くつもりはない。ともかく、ひとりとだけ付き合うつもりは。ある土曜の晩、トミーはオリンピアに来ていなかった。ティミーはいた。そしたらやっぱり、木曜の晩にデートに誘われた！　ほらね。

私は、ティミーと映画に出かけた。それからコーヒーを飲んだ。門限には家に戻り……それからそう、窓からさっと抜け出すと、またティミーとダンスに出かけた。双子だから、デートコースにそう違いがなくても不思議はない。

トミーともティミーとも、楽しい時間を過ごした。本命はどっちなのよ？　ドリスが聞いてくる――まるで、どちらかを選ばなくてはいけないみたい。そんなのまったくフェアじゃない。ふたりとも好きなのだから――両方と付き合ってもいいじゃない？　私はバーナム・アンド・ベイリー・サーカス*もうらやむような離れ業を演じ始めた。トミーから電話があり水曜にデートに誘われる。ティミーからの電話では、きっと木曜のお誘いだ。一方と出かける晩にもう片方の居場所を把握して、その場所から離れたところでデートをする。

＊　正式名称は、リングリング・ブラザーズ・アンド・バーナム・アンド・ベイリー・サーカス。アメリカの著名な巡業大サーカス。

ところが、デートの予定で頭がこんがらがって、どっちがどっちかわからなくなってきた――ええと、火曜がティミーで木曜がトミーだっけ？　ついにある週、デートのやりくりはひと休みして、土曜の晩ドリスや友人たちとオリンピアへ踊りに行くことにした。トミーからの電話で映画に誘われたけれど――弟のベビーシッターよと断った。じゃあ仲間とトランプでもしてるよ、とトミー。ティミーからも電話があり、音楽を聞きに行かないかと誘われた――風邪気味だからと断ると、じゃあひとりで行って、仲間と合流するさ、とティミー。

もう安心と、私は唇にさっとルージュをひき、ドリスとオリンピアで落ち合った。ホールは人でい

両親と三人の妹、弟と。別荘にて。
左から二人目が私。

っぱいで活気にあふれ、陽気な音楽が流れている――クラムリンから来たという好青年と踊り、見事なスピンを決めたちょうどそのとき、誰かが私の肩をトントンと叩いた。振り返ってぎょっとする。トミーが立っていたのだ――いや、ティミーだったかもしれない。

「ハーイ、ぼくのリオ」とにっこり。トミーの方だ、間違いない「子守はしなくていいのかい？　だったら電話してくれよな！」

おっと。そう言い訳したのは、ふたりのうちどっちだっけ？　わからなくなってきた。

「急に、しなくていいことになったのよ」トミーの肩越しに向こうをのぞくと、クラムリンの青年が怪訝な顔で向こうへ行ってしまい、別の女の子に話しかける。あーあ。

「ＳＯＳ」を送ろうと、ドリスの姿を懸命に探すけれど、まったく見あたらない。

トミーは、私の腰に腕を回す「ふたりでここにこうしているんだから、フロアに出て楽しもうぜ」

「え……そうね。ちょ、ちょっと待って。ひと息つきたいの」

大勢の人の間に目を走らせ、必死にドリスを探す。そのとき、また肩をトントンと叩かれた。来てくれた！　これで助かった！　援軍の姿を期待して、満面の笑みを浮かべて振り返る。が、そうは問屋がおろさない。

「いったい、どういうことなんだ？」

ティミーだった。いや、トミーだったかも。とにかく、もうひとりの方だ。

今度はトミーが口を開く「見たらわかるだろ？　俺とリオが踊るところだ」

「そうか？」と言いながら、ティミー（あるいはトミー）が私の腕をつかむ「風邪をひいたから、今夜は出かけないんじゃなかったかい？　具合が悪くて俺とはデートできないのに、ダンスには出てこれるってのか？」

トミー（もしくはティミー）が、もう片方の腕をつかむ。

「何をごちゃごちゃ言ってる？　おまえとデートだって？」

「そうだ。デートするはずだった。おまえには関係ない」

言い合いはしだいに激しさを増し、私がいてもお構いなしに言葉が頭上を飛び交っている。こういう場合は逃げ出すのがいちばん。つかまれた腕から逃れようと、私はもがいた。トミーは腕を離し、ティミーはさらに強くつかむ。いや、逆かも。

「リオはベビーシッターのはずだった。でなければ、俺とデートだ！」

「なんだと？　でまかせ言うな！」

「いいや、うそをついているのはおまえの方だろ！」

面倒なことになった。だけど面白いことに、明らかに私がうそをついているというのに、この兄弟は気づかないらしい。しめしめ。

腕をむりやり離し、私は一歩後ろに下がる。ふたりはこの合図を待っていたかのように、互いに相手を思いきり殴り始めた。私は一瞬そこに立ちつくした。ふたりの青年が私を巡ってけんかをしていることがショックでもあり、ちょっと嬉しくもあったのだ。ああ、ぞくぞくしちゃう！　その場にいた他の青年が何人か割って入り、ふたりをなんとか引き離そうとする。突っ立ったまま見とれている私の肩を、誰かが叩いた。振り返ると、今度こそ、ドリスだった。

「大変なことになったわね。早く出た方がいいわ」

ドリスは私をホールの外へと引っ張っていく。私たちは階段に腰かけ、中の騒ぎが収まるのを待った。タバコに火をつけながら、ドリスはこちらをしみじみと見つめている。

「あんたって、罪な女よねぇ？」

「ほんとにびっくり。こんなことになるなんて思いもよらなかったわ」心の中で、罪の意識が醜い頭をもたげる。ま、ほんのちょっぴりだけど「ひどいことしちゃったな。もう双子はこりごり。ろくなことがないわ」

ドリスは煙をふうっと吐き出した。冷たい夜の空気の中を渦を巻きながら上ってゆく煙を、感慨深げに見つめている。

「そうかしら」そう言いながら、タバコをもう一本取り出す「ふたりとも、いいセンいってるもの」そして、私を見降ろしながらこう言った「それじゃ、あのふたりはフリーってことね？」

「もう、冗談はよしてよ」

ドリスは肩をすくめて微笑んだ。もちろん冗談なんかじゃないのだ。もう、ドリスったら！


気楽でフリーな時間はとても短い。若いとは、そういうことだ。ドリスは、ファーガソン兄弟のどちらとも真剣に付き合うことはなかったけれど、少し年上のダミアンという青年にしつこく追い回された。ダミアンは仕事をしていた。あの頃は、もうそれだけで女性にモテた。しかもダミアンは立派な仕事についていた。農家に飼料や肥料を売る仕事で出張も多い。いつもなら分別をわきまえたドリスに、気の迷いが生じたとしか思えない。すっかりのぼせ上ってしまい——あっという間にふたりは結婚。ルーカンにある小さな家に落ち着き、あれよあれよという間にドリスは妊娠した——しかも、双子を！

それからは、まるでウィルスが蔓延したみたいだった。友人がみんな――ファーガソン兄弟も含めて――結婚し始めたのだ。土曜のダンス仲間は、毎週数が減って行った。そして私も、ある晩オリンピアでひとりの青年と知り合った。ウェーブがかった赤毛で、スマートな着こなしをしたその青年は、他の誰とも違っている。まじめそうで、それでいて楽しいことも好きらしい。精肉店の店員というきちんとした仕事もあり、しかも店はこの町にある。その人は、すぐさま私を好きになった。ヒューイ・ホガーティだ。

はじめはダンスのパートナーとして付き合い始め、そのうち、平日の夜に映画を見に行き、音楽を聞きに出かけるようになった。ヒューイは歌うのが大好きで、私と共通点が多く、趣味や興味も似ている。まあなんというか、ふたりの関係はどんどん進展していったのだ。私はあっという間に、ドリスや他の友人を襲ったのと同じ恋の病にかかってしまった。

ヒューイには裁縫がうまいベティという妹がいて――そのベティがウェディングドレスを縫ってくれた。私は、二十二歳でバージンロードを歩くことになり、父は私をヒューイに引き渡した。父と私のどちらがひどく泣いたかわからない。

1959年、私の結婚披露宴。ヒューイの妹のベティが、ウェディングドレスを作ってくれた。

つまり、そういうことだ。レースや花々に囲まれ、私は流れに身を任せた。流れに乗って私たち夫婦は先へ進んだ。慣れ親しんだ若者の世界に別れを告げ、まだしっかりとした足場のできていない、未開の領域に入り込んだのだ。かさぶただらけの膝小僧をした怖いもの知らずの少女も、穏やかに微笑みながら生意気な口をきく若い娘も、鳴りを潜めて。

私は、リオ・ホガーティになった。

ヒューイは精肉店での仕事を続け、ベティと私は婦人服店を開業し、ミシェルズと名付けた。学校を出たあと、私はショーウインドーの飾りつけを習っていた。私の装飾のセンスとベティの裁縫の腕前で、店はうまくいった。そして自然の成り行きで、間もなく私は女の赤ん坊を産んだ。母親になっても、私の生活のペースはほとんど変わらなかった。

ドリスは、双子の世話だけで手一杯だ。夫は常に家を留守にしているようで、毎週のようにドリスは生活費に困るようになった。私は、手の空いているときは店で手伝いをしてくれるよう、ドリスに頼んだ――バンを運転したり、仕入れたものを棚に並べてもらう。

ミシェルズの収入は良かったが、たっぷりとはいえない。私たちは常に、生活費を切り詰める方法を考えていた。まもなく、土日の午前中、ダンデライオン・マーケットに買い物に出かけて行くのがお決まりのパターンになった。マーケットが開かれる広場には、屋台やテーブルが所狭しと並び、品物を車のトランクに入れたまま売っている者、バンやトラックの荷台に置いた商品を売る者もいる。思いつく限りの品はそれこそ何でも（それに、ちょっと信じられないような物まで）売られている。私たちは、積み重ねられた商品や箱の中をこっそりのぞき、洗濯石鹸やトイレットペーパーなどの日用品でいちばんの買い得品を探しては楽しんだ。そのうち、店を出している商人や常連の買い物客と知り合いになり、買い物だけでなくおしゃべりを楽しんだり、冗談を言い合ったりするようになった。

夫がきちんとした職についているというのに、ドリスがいつも現金を切らしているのがどうしてなのか、私には理解できない。うちより出費が多いのはわかる。うちは子どもがひとりだけれど、ドリスにはふたりいるから。それにしてもダミアンは、まるで毎週わざと出張に出かけて行き、ドリスを金欠状態に追い込んでいるかのようだ。ダミアンの出張は、しだいに長引くようになった。幸い、近くに住むドリスの母親が、子育てに手を貸してくれた。それでも、夫が不在であることのイライラが、どんどん募っていくのがわかる。

あるときダミアンが出張に出かけたきり、帰って来なかった。何の連絡もない。数日が過ぎ、ドリスは待った。一週間が過ぎた。その一週間が数週間になった。夫の職場に電話をすると、たらい回しにされたあげく、ダミアンは出張に出ていて家に連絡はできないけれど、元気だから心配はいらないとごまかされる。

けれども、それでは生活費が入ってこない。

ダミアンが行方をくらまして六週間ほど過ぎたある朝、私がミシェルズのカウンターの中にいると、ドアが勢いよく開き、新聞を手にしたドリスが駆け込んできた。

「あのいまいましい、裏切り者のうそつき野郎!」

新聞を振りかざして叫び、私の目の前のカウンターの上に投げてよこす。

店にお客がいなくて助かった。奥のカーテンがさっと揺れ、おびえた表情のベティが顔をのぞかせる。ああドリスね。じゃあ仕方がないわというように、ベティはカーテンを引き戻した。

「ドリス、いったいどうしたのよ?　食ってかかるような剣幕で」

ドリスは片手で新聞をバシンと叩いた「これを見てよ!　七ページ。よぉく見て」そう言って腕組みをすると、店の中を行ったり来たりし始めた。

私は眼鏡をかけ直し、新聞を開いた。開くと七ページが出るように折りたたんであある。社会面だ。セント・スティーブンス・グリーン公園近くにある石造りの教会の階段を、きちんと正装した家族が下りている、ほほえましい写真が掲載されている。日曜のミサから帰るところで、夫が司祭と握手をしている。妻とふたりの幼い子どもがいる。息子と娘だ。妻のかぶっている帽子と娘のドレスをチェック。うちの店の商品ではないな。そのページの他の記事にざっと目を走らせたけれど、ドリスの興味を引くようなものは、特に見当たらない。

「ね？」ドリスは新聞を突き破らんばかりに、指を突き付ける。

「あの下劣なバカ野郎、ひどいことをしてたのよ」

「ドリス、何が言いたいの。さっぱりわからないわ」

「なんですって。この写真を見てよ！　誰だかわからないの？　あのろくでなしのダミアンじゃないの！」

「は？」私はもう一度見た。なんてこと、言われてみれば確かにダミアンに見える。写真の下の説明を読む「長女マーガレット、長男ロバートと、日曜ミサから帰るダミアン・フラナリー夫妻……」

思わず、じっと見入ってしまう。

「ね？」ドリスがまた新聞に指を突き付ける。

「いまいましいフラナリー夫妻――それに夫妻の子どもだって！　ああムカつく。私たちの子は、なんだっていうの？」

「おっどろいた。結婚してもう何年にもなっているはずね」

「そうでしょうよ！」ドリスはイライラ歩きをやめ、すぐそばの商品棚の隅にどさりと腰かけた。

「出張に出てると思っていたけど、その間ずっとこの人たちと過ごしていたのよ」

「ひどい」私はドリスを見つめた「で、どうする？　逮捕してもらえるかな？」

ドリスの唇が震えた「わからない。そんなことして何かいいことある？　パパが刑務所に入ったら、ふた家族が路頭に迷うだけよ」ドリスは肩をすくめた「どうしたらいいの？」

私たちは、新聞をしばらく見つめた。ドリスになんと言ったらいいのだろう——まったく、ありえないくらいばかげている。

結局、ドリスにはどうすることもできず、ひとりで双子を育てながら生きていくしかなかった。ダミアンは、二度と連絡してこなかった——それに妻子のために、びた一文送って来ることもなかった。

6　大型トラックの運転

　ふたりめを出産することになる日、私はいやな感じの痛みで朝早く目が覚めた。まず店に行き、段取りをつけておかなくては、と考えた。

　はじめての出産では陣痛が丸一日続いた。最後の二、三時間をのぞいて、陣痛は何の成果ももたらさなかった。まったくの時間の無駄だ。また何日か身動きがとれなくなる前に、いくつか片付けておかなければならないことがある。

　のろのろと重い足を引きずり、ミシェルズへ出勤した。気分はそれほど悪くない。ショーウィンドーのディスプレイを新しくしたい。もうすぐ初聖体*のシーズンだ。ドレスやベールをうまく配置して、ひと目をひくようなディスプレイにしたかった。店の女の子たちは、まだ一、二時間は出勤して来ないから、今は私だけの空間だ。マネキンをあちこち移動させたり、小道具を配置したり、箱に入った物をより分けたりしながら、ときどき陣痛が走ると手を休めて深呼吸する。慎重に作業を進めていた。ショーウィンドーの上に渡してある透き通った薄い布にひだを寄せようと、ほんの数段の脚立に上る。この布は、ウィンドー全体を美しく縁取っているから、手間をかけるだけの価値がある。

＊　カトリック教会で、幼児洗礼の数年後に初めて聖体を受ける儀式。初聖体拝領。

　カウンターの内側で箱の中の物をより分けていると、体が真っ二つに引き裂かれそうな激痛が走った。普通の陣痛ではない。出産のつらさはすでに経験済みだから、この先どうなるかはわかっているつもりだった。でもこの痛みは記憶にあるものとはまったく違う。体の中で何かが起こっている――しかも、猛スピードで。幸いディスプレイはできあがった。見事なできだわ。

受話器を手に取り、ドリスに電話をする「そうなの、これから病院に向かうわ」

「病院って？」どういうわけか、寝不足で目が充血している声だ。電話でそんなことがわかるのかと自分でも不思議だったけれど、そういう声だったのだ。

「そうよ、産まれるのよ」

「ああ、赤ちゃんね！　たいへん！」

電話の向こうが急に慌ただしくなり、眠気も吹っ飛んだようだ。

「ウィンドーのディスプレイは完璧、現金も領収書もきちんと揃えたわ。外回りを手伝ってくれる人を見つけておいてくれた？」

「うん、大丈夫。誰が病院に連れて行ってくれるの？　迎えに行こうか？」

「ひとりで平気よ」と言いながら、バッグに手を伸ばす。突然、体に激痛が走った。受話器に向かって、みっともないうめき声を上げてしまう。

「大丈夫なの？」

ヒューイと私。
義理の妹ベティと営んでいた婦人服店の前で。

「うん、心配しないで」少しの間、カウンターに寄りかからなくてはならなかった「とにかく、前回と同じようにするだけよ。自分で運転して病院へ行くから」

ドリスは、クスリと笑った「わかったわ。病院に行くこと、ヒューイは知っているの？」

「あの人には病院についたら電話する。ううっ」失敗。また情けない声を上げてしまった。

「リオ、調子が悪そうよ。迎えに行って病院へ連れて行くから」

「いいの、いいのよ」カーディガンのボタンをなんとか留め、再びバッグをつかむ「もう行くわ。ほんとに大丈夫だから。今晩病室に来て――それまでにはすべて終わっているから」

それ以上なにも言わせずに電話を切り、戸口から出ると鍵を閉めた。車に向かっていると、膝がガクガク震えはじめた。

初めての出産では、陣痛が始まったとたんに荷物をまとめて病院へ向かった。ことが始まるまでにとてつもなく時間がかかり、本当にイライラした。だから今回は、陣痛の間隔がもっと短くなってから病院へ向かえばいいと決めていた。それにしても今度の陣痛は、進むスピードがものすごく速い。

もしかして、運転しない方がいいのかもしれない。なにしろ五分ごとに体を折り曲げて「ううっ」とうなり声を上げているのだから。体をまっすぐに伸ばし、歩道まで行き縁石で立ち止まる。ラッシュアワーに差し掛かるころだったから、タクシーを止めるのに時間はかからなかった。よたよたと車に近づき、後部座席のドアを開ける私の様子を見た運転手が、目を丸くした。座席にぎこちなくドサリと体を下ろし、後ろ手にドアを閉める。

「マウント・カーメル病院までお願い。ううっ」あら、またやっちゃった。

「承知しました。急いだ方がいいみたいだね、奥さん」

おしゃべりをする気分ではないんだけど。

「ええ。急いで――ううっ――もらえます？」言い終わってまた「ううっ」

「まかせてくださいよ、奥さん」

少しおしゃべりしていると、気分が良くなってきた。体を真っ直ぐになおし、窓の外を見る。

「ああ、そこで左折してね。渋滞に巻き込まれないように」

ルームミラーに映った運転手の目が、私をチラリと見る。

「え、そう、もうすぐ着きますよ。あと数分ですから」

座席にもたれ目を閉じる。目を開いたときにはもう、病院に着いているだろう。私は、陣痛に耐えるのに必死だった。

タクシーが減速しているのを感じ、心の中でつぶやいた。ああ、じゅうぶん間に合ったわ。

タクシーが停車し、私は目を開けた。エンジンをかけたまま、運転手がドアを開けて車から降りようとしている。

ああ、なんて親切なの！　こっちのドアを開けてくれるのね。運転手の親切に、温かな気持ちがこみ上げてくる。そして痛みもこみ上げる「ううっ」

運転席のドアがバタンと閉まった。こちら側に来てドアを開けてくれるどころか、驚いたことに、運転手はタクシーから遠ざかって行くではないか。あたりを見渡してぎょっとする。小さな店の前に停車しているのだ。私は取っ手を握ってドアを開け、後ろ姿に向かって叫んだ「ちょっとあんた、どこに行くつもり？」

店に向かって歩きながら、運転手は振り返って言った「そこでタバコを買ってきます。すぐですから」

「気でも違ったの？　今すぐ、行かなくちゃならないのよ！」

今度は振り返りもせず、肩ごしに声を上げた「大丈夫ですよ——すぐ戻りますから」

そして、店の中に消えた。信じられない。ここから病院まで一〇分はかかるし、陣痛は二分おきになっている。

時間が経過する。そしてまた痛み。エンジンはうなり続け運転手は現れない。私は急いで後部座席から降り、運転席のドアを開けるとハンドルの前に腰を下ろした。ルームミラーで後ろをちらっと確認してギアを入れる。

上機嫌のときでも、私は、運転が荒いと言われる。今、気分は最悪だ。渋滞の車の間を縫うように進みながら、自分が運転するタクシーをののしり（タイミングベルトを交換しなきゃ）、他のドライバーに悪態をつき、渋滞を呪い、天候を嘆き（雨が降ってきたじゃないの。このワイパー、どうやって動かすのよ）、そして何より、陣痛を恨んだ。ああ、涙が出てきちゃった。

両膝をぶるぶる震わせながら病院の駐車場に入り、建物の入り口近くの、どう見ても駐車禁止の場所に車を止める。サイドブレーキをぐいっと引き、イグニッションからキーを引っこ抜く。ドアを開けて立ち上がったとたん、痛みで体が前のめりになった。

深呼吸を繰り返しながら、なんとか受付にたどり着く。受付嬢はひと目見て後ろを振り返り、すぐに車椅子を、と職員に告げた。車椅子に腰を沈めるのが、なんとありがたかったことか。産婦人科へ連れて行こうと若い男性職員が車椅子に手をかけたのを私は手を上げて制止し、受付嬢に手招きをした。受付嬢がすぐさまやって来る「はい奥さま——何でしょう？」

私はタクシーのキーを手渡した「このキーを探しに後で誰かが来るはずだから」

受付嬢は手の中のキーに目をやり、私に目を移す。私は手を上げ、車椅子を押していいと男性職員に合図をした。

その四十五分後、私は丸々と太って健康な、生意気げな顔をした男の子を出産した。私たち夫婦は、息子をパトリックと名付けた。

その翌日、病室に警察がやって来ていろいろ尋ねられた。タクシーの乗り逃げ事件があって……

私もドリスと同様ふたりの子持ちになった。ドリスは夫に捨てられ、そのとき運よく――というか、運悪く――私の夫ヒューイも、精肉店での仕事を失った。

ドリスにも私にも、生活費をどうやって捻出するかが死活問題だ。ミシェルズではドリスに手伝ってもらう仕事がなくなっていて、力になることができない。ドリスはなんとか出費を切りつめてやりくりし、実家に援助をしてもらっている。それでもまだ生活は苦しいようだ。そんなことで、子持ちの女ふたりは、家族に食べさせることもままならなくなった。私たちは生き残り戦略として、まず極めて賢く抜け目なく買い物をした。路上市の常連になり、バーゲンはもはや楽しむものではなく、生きていくのに必要不可欠なものになった。

ある土曜の朝、私たちはいつも通り、お気に入りのダンデライオン・マーケットで買い物をしていた。そこで、幼い頃近所に住んでいた友人の姿を目にして驚いた――買い物をしているのではなく、バンの後ろに立ち、積み重ねた箱の中から缶詰を取り出して売っている。テスの姉のナン、幼なじみだ。

ドリスを引っ張っていき、おしゃべりを始めた。ナンはずいぶん前に結婚していて、病気の息子がいると聞いていた。ドリスが品定めをしている間、私はナンと立ち話をした。ナンの夫もいるのかと思えば、さにあらず――ドリス同様、ナンの夫も家を出ていた。ナンは病気の子どもを抱え、自分の力で生活していた。

暮らし向きを尋ねると、妹のテスと一緒にバンで工場や店をあちこち巡り、傷物や不用になった商品を集めているという。二束三文で仕入れ、少しだけ利益を上乗せして、ダンデライオンやダブリン周辺の他のマーケットで売っている。

『儲け』という言葉にドリスが反応した「儲けって、どのくらいあるの?」

ナンはあたりを見回してから身をかがめ、毎週の稼ぎがどの程度か、声をひそめて教えてくれた。

「なんですって!」ドリスは目をまんまるくして、ナンを見つめる。

「すごいじゃない」私はナンの腕を軽くたたいた「じゅうぶん暮らしていけるわね」

ナンは嬉しそうににっこりした。すぐにお客で忙しくなり始めたので、ドリスと私は立ち去った。

「おっどろいた、リオ。マーケット商売ってずいぶん儲かるのね。考えてもみなかった」

「ほんとに。でもね、工場や問屋をあちこち回って物を集めるって、すごく大変だと思う」

ドリスは歩みを止め、私のひじをつかんだ「まあね、でも私は時間をもてあましてる」

「それで?」

「あなたは、バンを持ってるじゃない」

確かにそうだ。私には店のおんぼろ車がある。

私はにやりとした「ほんとだわ! 私たち商売ができる!」

＊

私は婦人服店の仕事を続けていたが、マーケットの仕事も始めた。ドリスがバンをあちこちへと乗り回し、私たちふたりは忙しくなった。いちばん好きなのはダンデライオンだけれど、マーケットはダブリンの北側のフィングラスにもいくつかあったし、コークやリムリックやゴールウェイといった町にも——それに、町と町の間にも必ずあったから——私たちは毎日のように、どこかで品物を売っていた。ひとりではとても無理だったろう。けれどもふたりなら、どちらかがバンで出かけて品物を売り歩いている間、子どもをみてくれる人手があるということだ。ミシェルズで洋服を売るのも楽しいけれど、バンを運転してマーケットを回り品物を販売するのは、その何十倍もワクワクする。それに、ドリスも私も家でじっとしているタイプではないということは、周りのみんなが知っている。

しばらくの間、私たちはこの仕事に満足していた。ところが、大型トラックを乗り回し、私たちのような商売人を相手に品物を大量に売りさばく男たちがいることがわかった。大量販売こそ、本当に儲かる仕事だ。すぐに、私たちもやりたくてたまらなくなった——大型トラックを運転して、卸し売りをするのだ。儲けるという点では、この判断は正しい。いちばん手っ取り早く、最も利益を上げることのできる方法だから。ただ、ひとつだけ問題があった——女性は、大型トラックの運転をすることができないのだ。

そう告げられた。アイルランド共和国では、女性が大型トラックの運転免許試験を受けることはもちろん、教習さえ受けさせてもらえない。私たちの野望を妨げるこの事実を告げると、ドリスは手の込んだ計画を考え出した。運転免許センター中の男性職員の生殖能力を永遠に削いでしまう（加えて、外部形態も奇妙な形に変化させる）計画なのだが、実行したとしても、残念ながら私たちが免許を取得できるようにはならない。

生まれてこの方、そんなばかげた話は聞いたことがない。大型トラックの運転や免許の取得について知っていると思われる人に、手当たり次第に電話をかけて聞いてみた。そして、素晴らしいアイデアを思いついた――そうだ、北アイルランドで免許を取得しよう。向こうには、大型トラックの免許を持つ女性がすでに何人かいる。もう障壁は取り除かれているのだ。

二か月ほど、地元の大型トラック運転手からレッスンを受け、私たちは北アイルランドで試験を受けた。そして南側初の、大型トラックの女性ドライバーになったのだ。

大型トラックに商品を積み込んで本格的に売りさばくようになると、稼ぎは飛躍的に増えた。当然、この仕事に費やす時間も激増した。私はミシェルズの仕事をやめ、この商売に専念することにした。ドリスと話し合い、仕事の進め方を決める――ひとりがトラックで仕事に出かけている間は、もうひとりは家にいて、両家族の子どもたちの世話をする。子どもたちがある程度の年齢になってからは、ひとりかふたり連れて仕事に出かけた。

こうして、ふたりのママさんトラックドライバーが誕生した。土曜や日曜にバンを乗り回し、あちこちのマーケットで忙しく売り歩くことはもうない。アイルランド全土が相手だ――それに、海の向こうの国々も。品物を売り買いし、交渉し、ときには物々交換をする。最高に楽しかった。

第二部

母親から陸軍元帥へ

私がいつもアドバイスすること。里親になりたいなら、その子を助けたいという気持ちでなりなさい。母親や父親と思ってもらいたいという理由で、里親になってはいけないのです。生涯愛されたいという理由でもいけません。里親は、愛されないこともあるからです。それでも、どんなことがあっても、その子のためにできる限りのことをしてやりなさい。里親としての究極の目的は、必要とされなくなることです。里親は、そんな数少ない仕事のひとつなのです。

7　フランスの子ジャッキーと弟

トラックのタイヤの下でアスファルトが振動する。左手の中でシフトレバーが小刻みに震えるのが心地よい。ここはフランスだ。青空には筋状の雲が走り、運転するのに絶好のお天気。あと数マイル走れば、お気に入りのカフェがある。私は、こういう時間が大好きだ。忙しい仕事を終え、全長六メートルのトレーラーを引いて国へ帰るだけ。途中で一休みして食事をし、濃いコーヒーを飲みながらアデルとのおしゃべりを楽しむ。それからまっすぐル・アーヴルを目指し、そこからフェリーに乗ってアイルランドへ渡る。

小さな十字路に来て減速し、右へ曲がる道に沿って運転しながら低速ギアに入れ替える。新聞を小脇にはさみ、綱をつけた小型犬を連れた中年のフランス人男性がいる。トラックがキーキー音を立て、風を起こして横を通り過ぎるとき、男性は顔を上げてこちらを見た。運転席の窓から微笑みかける巻き毛あたまの私を見たとたん、気の毒にも、男性は手にしたものすべてをあやうく落としそうになった――口をあんぐりと開けている。

歯を見せてにやりと笑い、私はうなずいてみせる。大型トラックを運転しているのが女だと知ったときの男たちの反応を見るのは実に気分がいい。けれども、勝ち誇った気分にひたっていたのはほんの数分だった――カフェが見えてきたからだ。ストライプの日よけの下にアデルがいる。皿を片づけながらおしゃべりしているが、相手の姿が見えない。村でたった一軒のガソリンスタンド脇にトラックを止め道路を横切ると、栗色の髪がもじゃもじゃと逆立った頭がテーブルの上に出ているのが見えた。アデルが身をかがめ、頭の持ち主にスプーンを渡す。小さな手がさっと伸びたのが見えて、誰かわかった。私は日よけの影に入り、アデルに近づいた。

「ああ、いたずらっ子たちが、また来てるのね？」

アデルが振り向く「そうなのよ。しかも、お腹ペコペコでね」

私はイスを引いて腰かけ、テーブルの向こう側をのぞいた。地面にあぐらをかいて膝の上に皿を載せスプーンを手にしたふたりの少年は、見たこともないくらい汚らしい「うわぁ、ひどい」本人たちの目の前でそんな声をあげるつもりはなかったのだけれど……つまり、それほど汚い身なりだったのだ。

アデルはエプロンで手を拭くと、ぴちゃぴちゃとスープを食べる音のする方へ、バスケットに入ったパンを突き出した「ほんとに」とアデル「今回は特にひどいわ。お金をねだるんじゃなく、食べ物を欲しがるんだもの。この子たち、ママンがいなくなったんだって」

私はバスケットからロールパンをふたつつまみ上げると、ふたりに差し出した。まるでサメが食いついたように、さっとなくなる。私は、年長の方へ身をかがめた――フランス語の名前を発音できないので、その子をジャッキーと呼んでいた。

「それで、元気にしてた？」

口をもぐもぐさせながら、ぽかんとした表情で少年は私を見上げる。ほこりまみれの顔は黒光りし、汚れてしわくちゃの洋服から強烈な悪臭が漂ってくる。

弟が、ちらりと私を見た。目の周りに目やにがこびりついているのを見て、ハッとする。さかんに瞬きをしていて咳も止まらない。砂を入れた壺の中に小石を落とす音みたいな、弱々しい咳だ。きちんと咳をする力もないようだった。熱っぽく、かすれたような力のない咳に心配になる。

アデルも同じことを考えていたようだ「弟の方は、病気なの。悪いものかもしれない」

私はロールパンをもうふたつ手に取ると、ジャッキーに手渡した。ためらうことなく、ジャッキーはひとつを口に詰め込み、もうひとつを弟に与えた。私は微笑んだ。これだからこのふたりはかわいげがある。確かに、カフェの周りをうろついて、小銭をせびる悪がきではある。でも、ひとさまのハンドバッグやポケットに手をかけたりはしない。小銭が欲しいだけで、泥棒ではないからだ。アルコール漬けで家でのらくらしている母親に、外から小銭を持ってこいと言いつけられ、その通りにしているだけなのだ。

弱冠七歳という年齢で弟の面倒をみているジャッキーは、母親に言われたことをするのに精一杯だ。家に小銭を持ち帰り、なんとかして弟の空腹を満たし、危険から守ってやる。この数か月、ふたりが悲惨な状況にあるということは私も知っていた。けれども今日は、いつもとは違う。

「もうどのくらい、こんな風なの？」

アデルはエプロンで手を拭った「よくわからないけど、一週間くらいかな？　寝る場所がないって二日前に知ったのよ。昨日は納屋で寝かせたわ」

私は、下手なフランス語で話しかけてみることにした。ジャッキーの方へ身をかがめる「ママンは、どこ？」

口の中のパンと、私のひどいフランス語を消化しようと、ジャッキーは慎重な面持ちで私を見る。

そして肩をすくめると、もういいからと言わんばかりに片手を振り、スープに注意を戻した。

これは手間取るなとみたアデルが、私の隣に腰を下ろす。私の他の客は、中庭の向こう側の席に一組の夫婦がいるだけで、飲みかけのコーヒーを前に会話に夢中になっている。何やら、愛だのお金だのと話す声が聞こえてくる。愛とお金、最悪の組み合わせだ。

「母親がいなくなって、家が閉鎖されたんだって。中に入れないそうよ」

「追い出されたってこと?」

アデルはちょっと考えてから言った「それだけじゃなさそう。すべてなくなったと言ってるから」

「母親が何もかも持ち出したってこと?」

「たぶんね。それとも、大家がすべて持ち去ったのかも。英語でなんて言うのかわからないけど」

私はジャッキーの、汚れたもじゃもじゃの頭をじっと見つめた「立ち退きにあったようね」

「そうそう、その言葉よ」

「私に言わせれば、この子たちの母親はどうしようもないばか女ね。子どもに行先も告げずにとんずらしたんだもの」

アデルは肩をすくめた。

「親戚はいないの? おばあちゃんとか、おばさんは? 金持ちで太っちょのおじさんはどう?」

「尋ねてみたけど」アデルはパンを入れたバスケットを手にした「誰もいないって」

アデルからバスケットをひったくると、私はジャッキーに渡した「あとどのくらい、ここに置いてやれるの?」

バスケットに伸ばした手を途中で止め、アデルが言った「しばらく置いてもいいけど――納屋で寝かせるのは良くない、わよね？」

私はアデルをじっと見つめた。自分がスライドグラスの上でもぞもぞ動いているところを、他人に顕微鏡で観察されているように、落ち着かない気分になったに違いない「それ以上はしてやれないの？　納屋で眠らせるだけ？」

「悪いけど」ためらうことなくバスケットを取り戻すと、アデルは続けた「それで精一杯」

この程度の言い合いならまだしも、けんかはしたくないという様子で、アデルは店のキッチンへ消えた。

パンの残りでスープ皿の底を拭っているふたりの頭を、上からしげしげと見つめる「それじゃあ、きみたちリオおばさんの家にちょっと来てみない？」

ジャッキーが顔を上げ、私を見つめる。私が気前よくパンをあげたから、良くしてくれると思ったようだ。ジャッキーは、大げさに喜んで見せる――そういうふうにして、この兄弟は世の中を渡って来たのだろう。それからにやりとした。

ああこれは、イエスという意味ね。

トラックに乗り込んでしばらくして、最初の興奮が冷めると（いや、糖分が切れたのかも――途中で食べられるように買ってやったお菓子を平らげていたから）、少年たちは喜んで作り付けのベッドにもぐり込んだ。運転席のすぐ上の後方が棚になっていてそこに寝床がしつらえてあり、手前に倒して開ける扉で目隠しをしてある。

一時間半後トラックは、ル・アーヴルに停泊中のフェリーに乗船する列に並んでいた。

チケットと必要な書類を見せるためトラックを止めると、係員が運転台の内部に目を走らせた。ベッドの前の扉はぴたりと閉じ、少年たちはしんと静まり返っている。書類が手に戻り、乗船してよいと手で合図をされると、ようやくほっとした。ふたりのおちびちゃんを連れていることを誰も気に掛けはしないだろう。だとしても、気づかれない方がいい。

フェリーが出航してから、私がベッドの前の扉をノックすると、扉がパタンと開いた。何かを期待した表情でジャッキーが私を見る。弟の方は（この子をなんと呼ぼうか？　アデルが名前を教えてくれたけれど、とても発音できるものではない）まだうとうとしている。まつ毛に、目やにがこびりついたままだ。

「ふたりとも、起きて足を伸ばしなさい！」

声の調子と身振り手振りをうまく使えば、言葉は必要ないなんて、素晴らしいじゃない。ふたりはベッドから跳び下り、デッキへ向かう私の後について階段を上った。

外を見渡せる大きな窓の前に来て、ふたりはぴしゃりと叩かれたように立ち止まった。しばし無言で立ちつくしたあと、弟がジャッキーの腕をつかみ興奮した様子で何かまくし立てている。頭を横に振りながら、ジャッキーが何やら言葉を返す。

ジャッキーが私の方を向いたとき、弟がヒステリックに叫びだした。目を大きく見開いている。弟が何か言った――フランス語の乏しい知識を働かせてみると、どうも「どこ？」と言っているようだ。おそらく「どこに行くの？」と尋ねているのだろう。

弟の目からあふれ出た涙は今や頬を伝い、目やにやら流れ出る鼻水と混じり合っている。ふたりは、恐怖とも驚きともつかない表情で、目の前に広がる、陰気で暗く果てしない海をじっと見つめている。

さあ、いよいよ面白くなってきたわ。

どういうわけか、この少年たちをなんとかしてやるのは、たやすいことのように思えた（ドリスに言わせれば、とてもリオらしい。まず行動、考えるのは後まわしだ）。ところが、ふたりを親戚のもとに送り届けるには、それからおよそ二年の月日が経つことになる。

教区司祭のニアリー神父が本当に尽力してくれた。フランス語で意思疎通ができたし、救世軍*に依頼して、少年たちのおばと祖母を見つけてくれた。気の毒にも、このふたりは、行方不明の少年たちを探して半狂乱になっていた。母親が蒸発したことを祖母がなんらかの理由で知り、子どもたちを引き取ろうとしていた矢先だった。そういうわけで、少々面倒なことになっていた。

＊　一八六五年ウィリアム・ブースがロンドンで組織し、一八七八年軍隊的組織に改編された、伝道と社会事業を目的とするキリスト教団体。

私はフランス語ができないので、アデルが通訳をしてくれていた。アデルにはどうも言葉を編集するくせがあり、そんな場面を何度か目にした。編集するというのは、重要な情報をごっそりはしょるということだ。例えば、しばらくの間きみたちはリオおばさんの家へ行くのよと、少年たちに告げたのはいいが、そのおばさんの家がアイルランドにあるとは話さなかった。これは重要な情報だと思うけれど。

半狂乱で探していた祖母のため、少年たちを保護しようと警察が村へやって来ると、気の毒にアデルはパニックを起こした。誰かが探しに来たときのために、私の詳細な連絡先を渡してあった。それなのに、制服姿の警察官を目にしたアデルは、よく知らない異国の知人に少年たちを託すべきではなかったのでは、と思ってしまった。どうしていいのかわからなくなり、警察に何も話さないという安全方針を貫いた。つまり、何も知らないふりをして警察をやり過ごしたのだ。

そう、こうなったのはアデルのせいではない。でも残念ながら、アデルが私に連絡をよこして、誰かが捜しに来たと知らせてくれることはなかった。ハッピーエンドで終わったから良かったものの、こんなに時間をかけて家族を探さずに済めば、よりハッピーだったのに。それでもともかく、わが家に滞在している間ふたりは楽しい時間を過ごした。学校に通い、英語を学び——しかも、正真正銘のダブリンアクセントの、模範的な英語を！——それに、友達もたくさんできた。

すべきことはすべてやった——ふたりの少年がうちに滞在していることを、司祭に報告したし、警察にも届けた。ふたりの面倒をきちんとみてくれる、信頼できる親戚が見つかるまで、一時的にわが家に滞在させているだけだということを、はっきりさせておいた。ついに、ポルトガルに住む親戚のところへ、海を渡りふたりを連れて行った。夏のはじめの、楽しくもつらい旅だった。けれども、おばあちゃんとおばさん——この子たちの母親と一緒に住んでいたこともある姉——に会ってみると、少年たちはきちんと面倒をみてもらえると確信した。アイルランドへ戻る道中、私は考えた。この世の中、まんざら捨てたもんじゃないな。

8　ジミーとテッド

旅に出ている時間がしだいに長くなると、当然の成り行きとして、ドリスと私はトラックの乗り心地をできるだけ良くしようと工夫した。運転席の上部に作り付けの小さなベッドを据えていた。停車してちょっと昼寝をするのに便利だ。さらに、長旅で旅館やホテルに泊まらなくて済むように、トレーラーのいちばん後ろにマットを敷いて寝袋を置いた。プロパンガスのこんろを載せ、すぐ食べられる食糧をぎっしり詰めたクーラーボックスも積み込み、小さなテーブルも置いた。あらゆる点で、自宅のようにくつろげる場所になった。

そのうち、乗り心地よくしつらえた大型トラックで田舎町を渡り歩くふたりの女ドライバー（子どもを乗せていることもある）の噂が広まった。はじめのうちは、他のドライバーに避けられたり、悪いものが伝染するという態度を示された。でもしばらくすると男たちの好奇心が勝り、他の商人やドライバーと一緒に大樽から水をくみ、お湯を沸かしてお茶をいれて飲むまでになった。フィングラス・マーケットで働くロビーはクマみたいな男だったが、ことに親しくなった。彼が、最初に私たちを受け入れてくれたのだ。ロビーは、朝からマーケットの周りをうろつく貧しい子どもたちを助けようと――あるいは追い払おうと、いや、たぶんその両方で――頭を悩ませていた。そんな子どもにとって、私たちのトラックが格好の休憩所になるといちはやく気づいたのだ。

初めてたずねてきたとき、ロビーは十代の少年を連れていた。はじめのうちリンゴやチーズをくすねていた少年は、しだいにやかんやラジオなどを盗んで売り飛ばすようになっていた。捕まえて警察に突き出そうと思っていたところ、少年がホームレスで、近くの路地で寝起きしていると知り、思い留まった。図体はクマのように大きいけれど、ロビーはフェアな人間なのだ。私がマーケットに行くたびにロビーはその少年を連れてきた。私は少年をトラックの寝床で眠らせた。湿った路上とは違い乾いているし安全だ。目を覚ますと、お茶を飲ませベーコンサンドイッチを食べさせた。ついに少年は、職に就いた（ロビーの力添えのおかげだ）。かつて盗みを働いたことのある店に勤めることになったのだ。そんなこと、近頃ならありえない。けれども、当時はまったくおかしいことではなかった。少年は犯罪者ではなく、ただ不運に見舞われていただけなのだ。定職を得てひとりでやっていけるようになると、人から受けた恩を決して忘れることのない、働き者の頼もしい青年に変わった。

少年を助けるのはお安い御用だったから、私も喜んで引き受けた。だからある朝、ロビーが別のふたりの少年を連れてやって来ても、さほど驚きはしなかった。路上で寝起きしていたふたりを、トラックの後ろの寝床で休ませてやってくれと頼まれたのだ。そう、十七歳の少年なら、屋外で暮らしているというのも、聞くことがある——でもその兄弟は、まだ十歳と十二歳だった。しかも、もう長い間そうやって暮らしているようだ。わが目を疑った。

私は少年たち——ジミーとテッド——に食事をさせて寝床で休ませた。眠すぎて食欲がないのか、お腹がすきすぎて眠くないのかよくわからない——食べることも眠ることも、ふたりには苦痛のようだ。けれども、牛乳とサンドイッチを飲み込ませたあとようやく、トラックの中は安全だとわかったようで、寝袋の中にもぐり込むと心地よく夢の世界へ旅立った。

私はトラックの前方へまわると、ロビーを問い詰めた「いったいどういうこと、ロビー？　なんであんなに幼い子どもが、路上で生活しているの？」

ずんぐりとした顎をぼりぼりかきながら、ロビーは頭を振った「ああそうなんだよ。ほんとに嘆かわしいことさ。何日か前、屋台の下で眠っているあの子らを見つけた。近寄っても逃げないようになるまで、しばらくかかったよ。よくわからんのだが、どうやら家から追い出されたらしい」

「でも私、今晩六時にはここを出るわよ。帰らなくちゃいけないもの」

「わかってるって」ロビーはまだ頭を振っている「それまで寝かせてやってくれないか。路上では、ゆっくり休むことはできないからね――寝心地がいいはずがないから」

「そういう意味じゃなくて」私はロビーより三十センチは背が低いけれど、眼鏡ごしに見上げてにらみをきかせた「日が暮れたら、あの子たちを路上に帰すわけにいかないでしょ。ふたりが目を覚ましたら説明してよね。今夜は私の家へ連れて行くから」

目を細めてロビーは言った「そうしてくれるかい？　ほんとに、お宅へ連れてってくれるか？」

「ええ、実の親に家を追い出されて、外で食べ物をあさるしかないんだから。お腹をすかせたかわいそうなあの子たちに、温かい食事と眠る場所を与えてやっても罰は当たらないでしょうからね！この手のことは得意なの。安心して」

すでに経験済みとは、言わないでおく。

ロビーがどう答えるかと、じっと見つめ続ける。にっこり笑うと、ロビーは大きな手で私の肩をぴしゃりと叩いて言った「そうだな。恩に着るよ」

私は嬉しくなった。ロビーのひげもじゃの顎をずっと見上げてにらみつけていたせいで、首が痛くなっていたから。ロビーの大きなお腹に指を突き立てて言う「ところで、洗い出してくれるんでしょうね」

そう聞くと、クマが不安げな顔つきになる「洗い出すって、何のことだい？」

「あの子たちがどこの家の子か調べるのよ。この近くのはずだから」

ロビーは、その洗い出しなら喜んで、という風に言った。

「かしこまりました、調査いたします」おどけて敬礼をしてみせ、悠々と立ち去った。

そのあとしばらくして、ロビーが少年たちに話をした。マーケットを離れて私の家へ行くことに、ふたりは不安を感じたようだ。ちょっと泊まりに行くだけで、すぐにフィングラスへ戻って来ると私はふたりに約束した。この約束と温かい食事を食べさせてもらえることが、ふたりの気持ちを動かした。家に着くとふたりに、お風呂に入ってさっぱりしないかと勧めた。ふたりがどんなにひどい状況にいたかがよくわかる。お風呂に入れると喜ぶなんて！

翌朝、社会福祉部《ソーシャル・サービス》に電話をかけ、どういういきさつで少年たちと出会い、ふたりがどんな状態か説明し、今は私の家に滞在していると告げた。実は、半ば期待していたのだ。ソーシャル・サービスの職員がこの兄弟を知っていて、すでにファイルもあるのではないかと。

でも、違った。自活できるはずのない子どもが家から追い出されたというのに、誰も気づかないということが、残念ながら十分あり得るのだ。親を自称している人間の中には、そうやって子どもから逃れようとする者がときどきいる。

ソーシャル・サービスが、いずれジミーとテッドの家族を見つけ出してくれるだろう。ふたりの知人で、状況も知っている地元の人間を、ロビーが探し出したからなおさらだ。けれども、いずれでは、私は納得できない。気の毒なふたりに根掘り葉掘り尋ねたくはない。でも、いったいどういうことなのか事情を知りたかった。

その翌日、夕飯に肉詰めパイとジャム入りクッキーをたっぷり食べさせた後、自分では事情を尋ねる行為だと思っていることを開始した。後でドリスに言われたけれど、これはむしろ、余計なことに首を突っ込む行為と呼ぶのがふさわしいらしい。呼び方はともかく、成果はあった。

自分を悲惨な状況に追い込んだ張本人を子どもがかばっている。その後は何度も目にすることになるこの行為を、当時まだ経験が浅かった私は、そのとき初めて目撃した。母親や父親は、子どもにとって完全無欠の存在だ。どんなにひどいことをしても、悪者になることはない。

自分たちが置かれた境遇を、兄のジミーが話してくれた。父親は五年ほど前に家を出て行き、それ以来母親の、ジミーいわく発作が頻繁になった。

どういう発作なのか、説明してもらう必要があった。

ふたりの母親は、しばらくの間つつましやかに暮らし、パートに出ることさえあり――商店やマーケットの屋台で働いたり、パブで掃除をするという。けれどもしばらくすると発作が始まる。大量に酒を買い込み、友人知人を片っ端から自宅に招いては何日もどんちゃん騒ぎをする。後になってわかったことだが、母親が招き入れたのは友人と呼べるような人たちではなかった。赤の他人や出会ったばかりの人、幼い子どもが住む家に入れたくないようなたぐいの人間を連れ込んでいた。さらにわかったのだが、パーティではお酒を飲むだけではなかった。ドラッグを使用したり、他にもあらゆることをしていた…… とにかく母親が、子どもがいるべき場所ではないと気づくだけの常識を持ち合わせていたのは幸いだった、としておく。とんでもないやり方ではあるが、母親は最悪の状況から少年たちを守ったともいえる。

そんなことを数年間繰り返すうち、ジミーとテッドはこのサイクルにすっかり慣れてしまった。いつも通りの生活をして——あるとき、ポイっと追い出されるのだ！　母親のどんちゃん騒ぎが終わるまで家を離れていて、自分たちでなんとかやっていく。数日で済むこともあれば、何週間か続くこともある。

昨今は差別的な言い方をしないから、あの母親は躁鬱《そううつ》病だと、みんな言うだろう。でも当時は、あの状態を表す、失礼にならない言い方などなかった。とにかく、母親も息子たちも、明らかに助けが必要だった。

キッチンの食卓についてジミーの話を聞いているときいちばんショックを受けたのは、この件をジミーがまったく平然と語っているという事実だ。完全に受け入れている。ごく当然という具合に。ふたりとも学校にもきちんと通っていないというのに。普通の家庭の子どもとの接触がほとんどないため、この状態の異常さもわからないらしい。私がしてやることを、ふたりとも喜んではいる。けれども、母親があの発作を起こしている間、弟とふたりだけで暮らしていけないのは、兄である自分に責任があると、どういうわけかジミーは思い込んでいる。まだ十二歳だというのに、もっとうまくやれると思っているのだ。

ジミーが母親に絶対的な信頼を寄せているのが、本当にせつなかった。母親が何をやらかすかわからない状態なのにふたりを家に帰すなど、ソーシャル・サービスが許すはずがない。母親から離しておくのがいちばんいいのだ。でも、母親から引き離されれば、ふたりは、これまで受けたひどい仕打ちにも勝るほどのショックを受けるのもわかりきっている。

思ったとおり、二週間もするとソーシャル・サービスが連絡をよこした。リムリックに住むおばを見つけ出したという。おばは少年たちを喜んで引き取ると言っている。

そう伝えると、ジミーは涙も凍るほどの冷たい目で私を見た。テッドは大声で泣き出した「約束したよね」とジミーが言う。

なんのことなのか、わからなかった。ベッドと食事とちょっとした援助、ほかは何を約束したっけ？

「悪いけど、私、どんな約束したのかな？」

「ぼくたち、フィングラスへ帰るって言ったよね？」

ああ、そうか。そんなこと言ったっけ？

「ごめんね。戻ってもあなたたちの世話をしてくれる人はいないのよ。帰してあげられると思ったけれど、できないの」

「母さんがいるさ。きっと、誰かいるはずだ」ジミーは怒りをあらわにし、テッドは泣きじゃくる。

ああ、どうしてこんなことになってしまったのだろう？

「母さんはね、具合が悪くて世話はできない。わかるでしょ」私はジミーの肩を優しく叩いた「もちろん、母さんはあなたたちを大事に思ってる。でもね、今は母親としての役目を果たすことができないのよ。すぐにまた、元の母さんに戻るから」

ジミーが鋭い視線を向ける「ほんとに――すぐ？」

どうしよう、地獄の苦しみを味わっている気の毒なこの子に、私はうそをつこうとしている。

「もちろんよ。お母さんが良くなるまで、ちょっとだけ我慢して」

そんなこと、猿がバンジョーを弾き出すくらいあり得ない。でもジミーにそうとは言えなかった。罪のないうそがこの子に希望を与え、それで心の重荷が少しでも軽くなるのなら、そうしてやりたい。少年たちはソーシャルワーカーの車に乗り込み、リムリックへ旅立った。

母親は、治療を受けたりリハビリをしたり、施設に入ったり、他にもあらゆることをしたというのに、良くなることはなかった。そして十八か月後には失踪した。今どこにいるのか、生きているのかさえ、誰も知らない。

ジミーとテッドからは、何の連絡もなかった。ソーシャルワーカーの報告によれば、半年後にはおばの家庭にすっかりなじんだという——でもいまだに、母親の元にいつ帰ることができるのか、たびたび尋ねるそうだ。私はふたりに何回か手紙を書き様子を尋ねたけれど、返事は来なかった。フィングラスへ帰してやらなかったから腹を立てているのだろう。

助けたい一心だったのに、こんなに傷つくことがあるという、最初の苦い経験だった。ドリスが言ったように、余計なことに首を突っ込めば、つらい思いをすることもある。

ドリスと私がフィングラス・マーケットで商売をしていた数年間ずっと、ロビーは私たちの元に路上生活をしている子どもを連れてきた。私はそのたびに、首を突っ込まずにはいられなかった。たとえつらい思いをしたとしても。

9　スーザンの不幸

日曜の朝のフィングラス・マーケットにとめた私のトラックは、子どもシェルターと化してしまっていた。私は、それでも構わなかった。しばしの間、嫌なお天気から解放され、お茶を飲んでつらさを忘れたい人がいるのだから、お安いご用だ。

ある朝ロビーが、スーザンを連れてきた。

今まで連れてきた不運な子どもたちと、あまり違いはないようだ。肩から大きなバッグを下げている。持ち物はそれがすべてなのだろう。特に汚れた格好はしていない——実際、メイクをしていたのだから——けれども、髪はべとついていたし洋服はしわくちゃで、そのまま夜を明かしたのがわかる。単にひと晩中夜遊びをしていた、パーティ好きな少女にも見える。

ただし、まだ十四歳だ。

メイクをして、ポケットからタバコがのぞいていても、私はだまされない。

正直なところ、はじめのうちスーザンを少々ぞんざいに扱った。ロビーが連れてきた他のたくさんの子どもたちと、あらゆる点でそう変わらないように思えたからだ。路上生活している原因を探り出す。原因がわかったら解決してやり、後はめでたしめでたし。というのが、いつものお決まりのパターンだ。

ところが、完璧なはずの計画が……

とにかく、最初はいつもと同じだった。ロビーが少女を連れてきて、いつも通り眠る場所と食べ物を与えてやってくれという。そこで例のごとくお茶を一杯にベーコンサンドイッチを食べさせて寝袋に寝かせた。

少女が目を覚ますとマーケットは閉店時間で、私も他の商人たちもトラックに商品を戻した後だった。もう一杯お茶を入れてやり、話しかけた「それで、これからどこへ行くつもり？　今夜泊まる当てはあるの？」

長い髪を耳にかけタバコを一本くわえると、少女はガスこんろの上に上体をかがめて火をつけた。煙を深く吸い込み肩をすくめる。

「ちょっと聞いてもいい？」答えてくれないだろうと思いながら尋ねてみる「どうして外で寝泊まりしているの？　お父さん、お母さんはどこ？」

まるで私の肖像を描こうとしているかのように、少女は私をじっと見つめる。白髪頭の商売人の男たちと同じ、人を品定めする鋭い目つきだ。こんな幼い子がそんな目つきをするのにショックを受けた。この人はいいかもなのか、だとしたらどこまで利用してやろうか。もしかして、手ごわい相手かもしれない。私を、そう値踏みしている。そういうことならと、こちらもやり返す。これでお互いさまだ。私をどちらと見定めたのだろう――ばかなお人よしか、あなどれない相手か？

「母さんは、いないよ」ようやく少女が答えた。空になったマグカップの中へタバコの灰を落としながら。

ぴしゃりと手をひっぱたいてやりたい衝動をぐっとがまんする「それはお気の毒さま」

どうでもいいというように、少女は肩をすくめた「二年くらい前に死んだ。がんで」

私はうなずいた。死んだと言われたら、もう何も言えない。「ご愁傷さま」という言葉で十分だと思ったことはない。

「きょうだいはいるの？」少女は首を振る「じゃあ、お父さんは？　きっとあなたのこと捜してるわ」

また肩をすくめる「父さんは、あたしがどこにいるか知ってるから」

そんなこと信じるわけがない「お父さんが居場所を知ってるって、どういう意味？　日曜のマーケットにとめたトラックの中で、食事を恵んでもらってると知ってるわけ？」

そう聞くと、少女はにやりとした「そうじゃなくて、心配ないって父さんにはわかってるってことだよ。この近くに住んでいて、あたしが遠くへ行かないって思ってるから」

怒りで頭から上がった湯気で眼鏡が曇らなかったのが不思議なくらいだ。娘が路上で暮らしていると知りながら、何もしようとしない父親なんて、考えただけで猛烈に腹が立つ――嫌悪感さえ覚えてしまう。その当時、娘のグウェンが、ちょうどスーザンと同じ年頃だった。グウェンが朝から晩まで遊びまわり、どこで何をしているのかわからない状態なんて、まったく理解できない。この子の父親は、どうして無関心でいられるの？　年頃の少女には危険がいっぱいだとわかりきっているのに、心配にならないの？　今すぐ父親の元へ行き、ブーツをはいた足で、ありえないくらい思い切り蹴り上げてやりたい。父親のあそこが、のどちんこまで跳び上がるくらいに。

私たちは話を続けた。学校へは行ったり行かなかったり（これも、父親の急所へ蹴りを入れるいい理由になる）――学校はつまらないし、友達は誰も学校へは行っていない。先生は嫌なやつばかりで役に立つことなんてひとつも教えない――少女はよくある言い訳を長々と並べたてた。だから学校を抜け出して、いろいろな友達（同級生よりずっと気が合うらしい）や知人（ぞっとする呼び方だ）のところを泊まり歩くようになった。でもその晩は、当てがなかった。家には帰れない――というより、帰る気はない。どうして自宅へ帰りたがらないのか、あれこれ考えたくないので、想像力をぐっと抑える。

そしていつものように、うちに来て泊まっていいよと告げた。嬉しそうな様子を見せたり（そう期待したのに）、少しは安心するかと思ったけれど、少女は不安げな顔をした「でも明日の朝、ここに戻ってこなくちゃいけないから」

「どうして？」すぐさま私がそう尋ねると、少女は面喰った。

「その……えっと……ここでやらなくちゃならないことがあるし」

あらこの子、父親のことを言っているのかしら？　どうしようもないほど情けない男の面倒を、この子がみているというの？　だとしたら、腹が立って頭がおかしくなりそうだ。

「スーザン、戻って来たいのなら連れて来るから。心配しないで」

それでもまだ決めかねている。

「スーザン、あなたひどい状態よ。家に帰れないなら、どこか安心できる場所で休まなくちゃいけないわ」

雨が降り出していた。きちんとした屋根の下で眠りたいという気持ちが不安に勝り、スーザンはわが家に来ることに応じた。こうして、スーザンとの関係が始まった。

わが家では、グウェンとローズと同じ部屋でスーザンを寝かせることにした。私が頻繁に子どもを連れて来るので、うちの子たちはまったく動じない。よその子を家に連れてくることを家族はどう思っているのかと、人に尋ねられることがある。うちの家族はそれ以外の暮らし方を知らないから、と答える。子どもたちが生まれる前からそうだったし、その後もずっとそうしてきたのだから。追加の寝床を作り、清潔なタオルを出してやり、食卓にスペースを作るなど、うちの家族にはたやすいことだ。何年もたって、うちの子が大人になり外の世界へ出て行ったとき、見知らぬ子どもを家に連れて帰り、自分の子のように世話をするのが普通ではないと知り、ショックを受けたのではないかと思う。わが家ではそれが当たり前だったから。

翌日、私はスーザンに説明した。私が仕事に出かけている間、自分のバッグに詰め込んである洋服はすべて洗濯機で洗っていいし、キッチンの食べ物は自由に食べていい。実は、その日はドリスがトラックでウェックスフォードへ仕事に出かけることになっていた。私はバンでフィングラスへ行き、ロビーから教えてもらった、スーザンの父親の家へ行こうと考えていた。

ブーツをしっかりと履き、蹴りを入れる準備を整えた。

ロビーが手に入れた情報によれば、父親のノエルは夜勤の仕事についている。午後なら家にいるだろう。まあ少なくとも、仕事はしているということだ。

父親が住んでいる地域へ行き、人に尋ねて行き着いたところは、家々が整然と立ち並んだ区画だった。もっとずっとみすぼらしい住宅街を想像していたというのに。でも、見かけ倒しということもある。ドアをノックし、けんかになるかもしれないと心の準備をする。

ドアが開き、現われた人物を見て私はとまどった。すらりとやせて背が高く眼鏡をかけている。男性も、私を見て目をぱちくりさせる。

「ノエル・マッカーティさん？」まるで、逮捕するといわんばかりの口ぶりになってしまう。きちんとした小ぎれな服装をした父親は、酒臭いこともない。目つきもおかしくないし、うさんくさいところもまったくない。私はとまどいを隠せなかった。

「ええ、マッカーティですが。どんなご用件でしょうか？」

やられた。言葉使いも丁寧だ。この人に蹴りを入れるなんて無理。

「リオ・ホガーティという者です。お宅のスーザンを、クロンダルキンのわが家で預かっているんです」

「そうでしたか！　どうぞ、お入りください」

大喜びもせず、特に驚いてもいない。以前もこういうことがあったという風に、あきらめの表情だ。好ましいことではないが、もう慣れてしまったという様子だった。

中へ入ると、リビングは気持ち良くきちんと整理整頓されている。清潔で塵ひとつない。でも思い直す。子どもを虐待し育児を放棄する親が、きれい好きなこともある。家の様子に良い印象を受けたからといって、ここに来た目的を見失わないようにしなくては。

父親が腰を下ろし、私も向かい合って坐った。部屋の中をざっと見回すと、妻と幼い少女の写真が——間違いなく、スーザンだ——あちこちに置かれている。

「知人の家にいると、スーザンから連絡があったのですが、どなたかは知らなくて」薄くなった白髪をかき上げる手が、少し震えている。

「連絡してきたんですか？」それは初耳だ。

「ええ、今朝電話がありました。あまり詳しくは教えてくれないのですが、少なくとも元気だということはわかりましたから」

あのおてんばめ、うちのキッチンの電話を使ったな――いや、そんな姿は見ていない「マッカーティさん、十四歳の娘が夜の街を遊び回り、あちこち泊まり歩いている上、何をしているかわからないなんて、心配じゃないんですか？」

つい、声が大きくなる。蹴りが届くほど近寄らないようにするのに一苦労だ。

男性はにっこりした。けれども、喜びの笑顔ではない。

「もちろんです、ホガーティさん。本当に心配です。でもね、あらゆる手を尽くしたんです。どんな方法でも、スーザンは家に戻りません」

気になるな。まだ子どもといっていい少女が、父親とふたりきりで暮らしたくないというには、あらゆる理由が考えられる。父親に蹴りを入れる前に、気分が悪くなりそうだ。じっと見つめる私の表情から、私が考えていることがわかったようだ。

「母親が亡くなって以来ずっと、あの子にとって心休まる家庭にしてやりたいという一心で、あらゆる努力をしてきました」しっかりと握り合わせた両手をしばらく見つめてから、父親は続けた「それなのにスーザンは、夜遊びをするようになりました。友達のせいで良からぬ方向へ流されてしまったのです。いろいろ手は尽くしましたが、四六時中監視していることもできませんし」

「でも、好き勝手にさせていいはずはありませんよね。それはおわかりでしょ？　学校にも行っていないんですよ」

父親は表情を曇らせた。この言葉は、頬をひっぱたくより効果があった。それでも私の気分は良くならない。

「わかっています。学校には何度も出向きましたし、ソーシャルワーカーにも相談しました。人を雇ってうちであの子の世話をしてもらったこともあります」

そうだったの。ここまで聞いたところでは、この父親は正しいと思えることはすべてやり尽くしている。いったい、どうなっているのだろう？

「親としてお恥ずかしい限りです、ホガーティさん」

「リオと呼んでください」あ、こんなこと言うつもりじゃなかったのに。

「それでは、リオ――わが子がまったく言うことを聞かないなんて、本当に情けなく思っています。でもね、誰の力を借りてもうまくいかないんです。たったひとつ、あの子が約束してくれたのは、家にいないときは、無事だということを知らせるために、毎日連絡を入れるということだけです」

「それじゃあ、家に戻って来ることもあるんですか？」

「ええ。戻って来ると何日かは家にいます――でもある日突然、出て行ってしまうのです。どうして出て行ってしまうのか、私にはまったくわかりません」

疲れ果てて悲しみにくれて、涙も出ないようだ。

「スーザンは今、私のうちにいますから、環境が変われば少しは良くなるかもしれませんよ。うちには、スーザンと年の近い娘がふたりいるから、それもいい影響を与えるかもしれないし。もしよければ、うちの子と一緒に学校へ通えるよう手続きをしますよ」

「ええ――ぜひそうしていただけますか」父親は私の目を見つめて言った「最低の父親だと思っていらっしゃるでしょう」

「そんなことはありません、マッカーティさん。あなたはできる限りのことをしていらっしゃるわ」

実のところ私は、フィングラスにあるスーザンの学校とソーシャル・サービスに電話をし、今の話が本当かどうか確認しようと心の中では考えていた。もしそうだったら、ブーツを履いてまた戻って来るまでだ。

こうして私は、あらゆるところへ話を聞きにいった。確かに、話を聞いた人たち全員が――学校の先生、ソーシャルワーカー、地元の教区司祭まで――口を揃えてノエルをほめた。もっとも、スーザンの評判は、良くはなかったけれど。

母親が亡くなって一年もたたないうちに、スーザンは地元で良くない連中とされている年上のグループと付き合うようになった。その結果、学校をサボるようになり非行に走った。それ以来ずっと、この父親は苦しみ続けている。

私なら、この子を助けてやれる。この子は、同じ年頃の子どものいる、にぎやかな家庭で暮らし、もっと好ましい仲間と付き合う必要がある。まだ、ぎりぎり間に合うところで、スーザンと出会ったのだ。助けてやりたい――それにこの、悲しみに暮れた父親との関係も元通りにしてやりたい。そう、リオが参上したからには、もう心配はいらない。

それから数週間スーザンは、しばらくわが家に滞在することにしたという態度を見せていた。制服を着て、何日か学校へも通った。私は何週間も、スーザンが学校へ行っていると思い込んでいた。ところがある日校長から電話があり、もう十日以上スーザンが姿を見せていないと言う。ご病気ですか、と。

適当に言いつくろって電話を切り、どうやってそんなことができたのか頭をひねる。毎朝きちんと起きて弁当を作り、学校へ向かっていた――娘たちと一緒に、しかも制服で！　考えてみると、スーザンと娘たちは同じクラスではない。学校に着いたあと、スーザンがどうしていたのか、誰も知らない。

その日の夕方スーザンが帰宅すると、私は説教を始めた。鞄の中を調べてみると、タバコやストッキング、ハイヒールに現金、それにチョコレートの包装紙みたいなアルミ箔の切れ端が出てきた。

本当に悪知恵が働く子だ。はじめのうち、まったく身に覚えがないと言い訳を並べ立てた。その次は大声でわめきたてた。あんたはあたしのお母さんじゃない、命令しないで。それでダメだとわかると、次は泣き落としだ。したいようにさせておいた。ようやくむっつりと黙り込んだところで、私はスーザンに告げた。うちの子たちに頼んで、あなたのクラスの誰かに、毎日見張りをしてもらうことにしたから。授業に出ていないことがわかったら、承知しないからね。

スーザンは、わかったとも言わなければ、言い返しもしなかった。ただ腹を立てたまま二階へ上がって行き、夕食まで降りて来なかった。この子は、夕食だけは必ず食べる。食卓でまたかんしゃくを起こすのかと思ったら、まるで何事も起こらなかったかのように、あえて機嫌よく明るく振る舞っている。後片付けさえ手伝った。だから私は、この子の扱いはこれでいいのだと思い込んだ。

翌朝スーザンは学校へ――鞄の中に教科書と弁当の他には何も入っていないことを私に確認させてから――出かけた。この持ち物チェックも嫌がらなかった。

学校が終わると、グウェンとローズはいつもの時間に帰宅した。スーザンのクラスの見張り役によれば、スーザンはお昼前に姿を消したという。

予期していなかったわけではないが、ものすごく頭にきた。明らかに、どこまでなら許されるか私を試している。それならそれで、こっちにも考えがある。

日が暮れるまでの間、玄関の戸が開く音がするたび（わが家ではこれが実に頻繁なのだ）、スーザンと対決する心の準備をした。でも、そのたびに裏切られた。夕食の時間が過ぎた。そして夜になり、スーザンはまだ帰って来ない。やられた。

思いつく限りの人をかき集めた――うちの子どもやご近所の人たち、ドリス、マーケットの仕事仲間――みんなで近隣を隅々まで捜した。近所の家やお店、バス停やパブの中さえ見て回った。どこにもいない。警察に電話をし、ことの次第を話した。父親に知らせなくてはと電話をしたが、仕事に出ていて留守だ。それに当時は、留守番電話などなかった。明日の朝までになんとか見つけ出し、娘が行方不明だと父親に知らせなくて済むようにしなくては。

親戚や友人、それに警察がしらみつぶしに捜しまわる間、ゆっくりと夜が更けていった。朝になり、子どもたちは学校へ行った。スーザンはまだ見つからない。胃が痛くなってきた。バンに乗り、思いあたる場所へ片っ端から行ってみた――公園やうらぶれた路地、運河の界隈――そして、フィングラスへ向かった。ひょっとしたら、フィングラスに戻っているかもしれない。

スーザンの自宅近くまで来て、大通りや路地をくまなく捜した後、父親には直接話そうと考えた。覚悟を決めてドアをノックする。それまでの人生で、ドアが開いて父親と対面するあの瞬間ほど恐ろしかったことはない。大事な娘の捜索願いを出したなんて、どう説明したらいいのだろう。出てきたノエルは私を見てにっこりした。「ああ、リオ！　お越しになるとは知らなかった」

笑顔なんて見せないで。

「あのぉ、スーザンのことですけど……」そのあと、どう言葉を続けたらいいのかわからなくて口ごもる。逃げた？　いなくなった？　追い出した？　守ってやることができなかった？

私が言葉を続ける前に、ノエルが口を開いた「心配いりませんよ。少しの間うちにいたいんでしょう。学校へ戻ると約束しましたから。さあ、お入りになりませんか?」

ドアを開けてくれたが、私は動くことができない。あっけにとられ開いた口がふさがらない「それじゃあ、ここにいるの?」ようやく、奇妙な甲高い声をしぼり出した。

「ええ、おりますよ。今朝早く帰ってきました。ホームシックだそうで」ノエルは頭をちょっと後ろへ引き、眼鏡の奥からじっと私を見つめてから言った「あの子、あなたに何も言わずに出てきたのでしょうか?」

無性に腹が立った。さっきまでどうしようもないほど決まりが悪かったのに、今はもう怒りが抑えられない「ええ、ひとことも」あまりに腹が立って、大声を上げることすらできなかった。

ノエルはクスリと笑った。スーザンのこの行動を、まるで無邪気ないたずらだといわんばかりだ。たちまち、ノエルにブーツをお見舞いしてやりたくなる。

「本当にすみません。ご存じだと思っていたものですから」

しばらくの間、突っ立ったままノエルをにらみつけた。

大らかな微笑みが、ノエルの顔から消えていく「スーザンにお会いになりませんか? ひどく疲れて帰って来て――もうずっと眠っていますが」

ノエルをひじで押しのけ、私はずかずかと家の中へ入り込んだ「ええ、もちろん会いますとも」もう一度ノエルをにらみつけ、スーザンの部屋を示してくれるのを待つ。

階段をドスンドスンと踏み鳴らして上り、勢いよくドアを開けた。恐れをなしたスーザンがベッドにもぐり込むほど厳しく叱ってやる、そう思ったのに。スーザンは少女らしいピンクの羽毛ぶとんにくるまり、ぐっすり眠っている。このまま寝かせておこうか、それとも、なんてことしでかしてくれたのと、叱り飛ばしてやろうか。板挟み状態で、私は立ち尽くしていた。結局、しばらくスーザンを見つめてから、部屋を出てドアを閉めた。

ノエルが、決まり悪げな表情であやまった「本当にすみません」心から申し訳なく思っているようだ「てっきりご存知かと思っていたものですから」

「もういいですよ」無事だとわかったので、ようやくひと安心する余裕ができた「無事で何よりですから」眼鏡を鼻の上へ押し上げ、横目でノエルを見ながら付け加える「でもね、ほんとに心配しましたよ」

できるだけ穏やかな口調で、警察に連絡してすべて説明して欲しいとノエルに頼んだ。

スーザンが自宅にいたのは二週間だった。その後、またいなくなった——誰にも行方はわからない——そしてある日曜、マーケットの私のトラックの前に現れた。言い訳をいろいろ並べ立て、あらゆることを約束した。すっかりやせて体調も良くないように見える。それにまた、他に行くところがないようだ。うちより他に、行きたい場所がなかったのかもしれない。ひょっとして、父親と決別したのかもしれない。

私には、どうしようもなかった。スーザンを自宅に連れ帰った。そしてまた、わが家での生活が始まった。制服を着て、学校へ行き始める。

ところが一週間もしないうちに、今度は校長からの電話では済まない事態になった。ある日の午後、玄関のドアをノックしたのは警察官だった——スーザンの片ひじをしっかりとつかんでいる。

これがあのスーザンなのかと、もう一度、見直さなければならなかった。こんなに化粧品を持っていたかと思うくらい厚塗りのメイクをしている。制服のスカートを短くするため、ウエスト部分で幾重にも折り上げているので、ベルトもしていない。おまけに、ハイヒールの編み上げブーツを履いている。

スーザンを家の中に入れ、警官は嫌な話を始めた。スーザンが万引きで捕まったのだ。ショックだった。当の本人は、テーブルクロスの上に指でくるくると円を描き、私の方を見ようとしない。かいつまんで説明すると、今回が初犯で、盗んだもの（安物のアクセサリー）の数も少ないため、警告で済んだ。でもその店には入ることを禁じられ、もし入店したら逮捕される。警官がそう告げると、スーザンはなんとニヤリとした。

警官が去った後、私はスーザンと向かい合って腰を下ろした「どうしてそんなことしたの？　ブレスレットが欲しいなら、私に言ってくれれば」

スーザンは鼻で笑った「あんなガラクタ欲しくないさ。売ろうと思って盗んだ。金が必要なんだよ」

「今週のお小遣いは？　もう使ってしまったの？」

「自分のお金をどうしようが、あんたには関係ないだろ！」そう言って、テーブルをバシンと手で叩くと立ち上がった「あたしが欲しい物がなにか、あんたにわかってたまるか！」怒ってキッチンから出ると、二階へ駆け上がった。

そんなことがあって、学校へ行かせることを父親が断念した理由がようやく理解できた。私が毎日学校へ連れて行き、スーザンを机にしばりつけるか、立ち上がれないようにスーザンの膝の上に腰かけていれば、おそらく逃げ出さないようにはできただろう。でもそこまではできないから、学校へ通わせる方法はなかった。

私は、マーケットを回る仕事をスーザンに手伝わせてみた。続いたのは数日だけだ——早起きしたがらないからだ。朝食においしいロールパンを食べられるし、トラック後方の寝床で昼寝ができるというのに。一日中、家でひとりにしておきたくないし、かといって、外をふらふらされるのもごめんだ。私の友人が、夕方の数時間、事務所を掃除する仕事をスーザンにさせてくれることになった。その時間帯なら、この子にちょうどいいかなと考えた。まさにおあつらえ向きの仕事に思える——朝寝坊できるし、夕食を食べてから仕事に出かけるから。はじめの数週間、スーザンはこの仕事に満足している様子で、元気よく嬉しそうに出かけていった。それが良くない兆候だということに、気づくべきだった。

果たせるかな、とうとう友人が電話をしてきた——はじめの数回しか仕事に来ていないんだけど。毎晩仕事から帰宅するふりをしていたのだ。そのあと夜中に起きて家を抜け出し、ヒトラーの子どもさえ付き合わせたくないような不良仲間と会っていた。

私はスーザンをイスに坐らせ、すべてお見通しだよと告げた。するとスーザンは、明るく朗らかな態度をすぐさま崩し、私に向かってひどい言葉を吐くと、怒って部屋から出て行った——その翌日、いなくなった。

まただ。

前回のこともあるから、人をかき集めて捜し回ることはしなかった。そのかわり、数時間待ってから父親に電話をかけた。思った通り、スーザンが行き着いたところは自宅だった。父親のもとで数日間過ごした後、つまらなくなったのか、それとも退屈したのか、わが家の玄関にまた現れた。自宅を出てからわが家に来るあいだ、どこへ行っていたのかはわからない。

小ぎれいな身なりで趣味の良い靴を履き、顔に後悔の念を浮かばせている。再びわが家に戻ることになり、また同じことの繰り返しが始まった。

そんな具合に二年が過ぎた。学校へは行ったり行かなかったり。行かないときは隣人に来てもらい、スーザンの勉強を見てもらう。いつもどおり、はじめのうちはいいけれど、そのうちうまくいかなくなる。できそうなことを私が見つけてやり、スーザンが仕方なくやり始め、ついには投げ出して悪い友人と出歩くようになり、父親の元に戻って数日間滞在し、それからまたわが家の玄関に現れる。

腹が立つったらありゃしない。すべてソーシャル・サービスにおまかせしようと何度も考えた。それに、父親に何か手立てを考えてもらい、そんなにあっさりと娘をわが家に送って欲しくないとも思っていた。というのも、父親を支えるどころか、娘をもてあましたときに都合よく利用できる、便利な一時預かり所になっている気がしたからだ。おまけに、家の中の品物がなくなるようになったと、娘たちが不平を言うようになった――ラジオや電卓、時計、アクセサリー、バッグや財布に入れてあった現金まで――なくなるのはいつも、スーザンが父親の元へ戻るか、行方不明になる直前だ。

十六歳になったら、職業訓練校に入れるのがいいかもしれない。メイクに並々ならぬ関心を持っているから、美容師になるコースなら興味を持つかもしれない。その話をすると、乗り気になった。けれどもこの子の場合、やる気がどういう意味なのか見極めるのが難しい。カムフラージュであることが多いから。

ある日帰宅すると、家の中がしんと静まり返っていた。こんなことは珍しい。変だなと思う反面、嬉しくなった。子どもたちが学校から帰って来て騒々しくなる前に、心地よい静けさの中でお茶を飲もうか。

キッチンに入ると、火がついたままのガスこんろが目に入った。わが目を疑う。さっと火を消し、家族全員にきつく注意しようと心に留める。そのとき何か奇妙なものが、目の端にちらりと映った。食卓の向こう側の床の上に、洋服の塊のようなものが見える。

そちら側へ回ってみると、片腕を額のそばに伸ばした状態で、スーザンがうつぶせに横たわっているではないか。ヒューイのウイスキーを失敬したな（また！）。しかも、相当飲んだようだ。と、すぐに頭に浮かんだ。スーザンに見つからないよう、あちこち置き替えていたのに。残念ながら、隠したばかりの場所をいとも簡単に見つけられてしまった。

濃いコーヒーを飲ませてやろうと、やかんを火にかける。

スーザンに近づき、上から何度か呼びかけた「ほらスーザン。起きて」かがんで肩を揺する「コーヒーを飲みましょ。それから二階へ連れて行ってあげるから、上で寝なさいね」

肩の震え方が、何かおかしい。もう一度名前を呼び、両肩をつかんで体を仰向けにした。顔はひどく青白く、目は開いたままでまったく生気がない。

私は悲鳴を上げ、スーザンの隣に尻もちをついた。手首をつかみ、顔を叩く「スーザン！　スーザン！」大声で呼びかけた。顔はひんやりとして、手首には脈がない。私はみぞおちにぞっとするような冷たさを感じ、立っていられなくなった。辺りは明るいというのに、周りのあらゆるものが真っ暗な闇に飲み込まれた。

やっとのことで立ち上がり、救急車を呼ぶため電話をする。そのあとすぐ、ドリスにも電話をかけた。スーザンが床に倒れていて――様子がおかしい、と言うのが精いっぱいだ。

ドリスと救急車が、ほぼ同時に到着した。

今でも、あのときのことを思い出すと胸が苦しくなる。スーザンはその場で、つまりうちのキッチンで、死亡が確認された。胸をハンマーで叩かれても、あれほどの苦痛は感じないだろう。

死因はドラッグの過剰摂取だと、翌日病院で医師に告げられた。意味がよくのみこめず、医師に聞き返した。そして家にどんな薬があったか、懸命に思い出そうとした——アスピリン、それとも咳止め？

あんたは頭がおかしいのか、でなければ私をばかにしているのか、という目で医師は私を見た。それから、スーザンが使ったのはヘロインだと告げたのだ。

私は目をぱちくりさせてしまった。もちろん、ヘロインというドラッグは聞いたことがある。けれどもそれは映画の中のものだ。ダブリンで、ヘロインを買ったり使ったりしたという人の話は聞いたことがない。いろいろな意味で私もナイーブだったのだが、当時のアイルランドでは、ヘロインは簡単に手に入るものではなかった。

後になって、いろいろな事実をつなぎ合わせると全体像が見えてきた。母親が亡くなったあと付き合いはじめた良くない連中が、スーザンにドラッグを勧め、ついにはヘロインに手を出したのだ。万引きをしたのは、ヘロインを買うお金が欲しかったからだ。夜中に家から抜け出したのも、ドラッグのせいだ——お金欲しさに売春をしていたのだ。フィングラスに帰ったのも、父親に会いたいからではない。フィングラスに、ドラッグのディーラーがいたからだ。スーザンがヘロインを使っていたのを、実は父親も知っていた。ひょっとすると父親は、事実に直面したくなかったのかもしれない——でなければ、どう向き合ったらいいか、わからなかったのだろう。それに、娘がヘロイン中毒だと知ったら、私が手を貸してくれなくなると考えたのかもしれない。いずれにしても、ドラッグの件を父親が知っていて――万引きをしたり、家から出て行く理由もわかっているのに、私に隠していたのは――なんとひどい裏切り行為だろう。もちろん、私とスーザンの両方に対して。

私は世界一の大ばか者だし、こんなにだまされやすい人間は他にはいない。あのときもその後もずっと、周りから言われ続けているけれど、私がどんなに救いの手を差し伸べようとしても、依存症の人自身がやめたいと思わない限り、どうにもならないのだ。そういう人間はやけになっているし、欲しいものを手に入れることに必死で、私が助けてやりたくても、その気持ちに応えたり――ましてや感謝してくれるなど――ありえない。確かにそうかもしれない。でもひとつだけいえることは、人間社会のくずの邪悪な者どもが、母親を亡くしたひとりの少女を慰めるかわりに注射器を与えたということだ。気にかけて愛情を注いでやれば、どんな人間をも救うことができる、これまではそう考えていた。救いの手を拒絶し自滅の道へと進んだ人間に接したのは、これが初めてで――残念ながら、最初で最後ではない。

そういう人間もいるということを私は学んだ。愛情や助けを拒み、自滅を選ぶ人もいる。そんな子どもに遭遇すると私は、まるで自分にも責任があるような気持ちになってしまうのだった。

10　ジーニー四歳

幼なじみのナンが入院した。ナンの人生は苦労続き。夫が家を出て行ったあと、病気の子どもを抱えてマーケットのきつい仕事でなんとか生計を立て、もう手いっぱいだった。そんな矢先、今度は自分が心臓病にかかってしまった。お見舞いに行くと、嬉しいことにナンの妹のテスに出会った。ナンが眠っている間、子ども時代の話に花が咲いた。

幸い、ナンの予後は順調だ——医師たちによると、病状は悪くないし、すでに峠を越した。面会時間が終わり、ふたりに別れを告げた私は、駐車場に出る通用口へ向かった。

ドアから出たところで、男女が大声で言い争っている。女は腕に子どもを抱え、すぐそばには車椅子がある。髪の薄いその子は、ちょっと見たところ男か女かわからない。

病院の外へ出て、男女の脇を通り過ぎようとしたとき、男が女の腕を乱暴につかんだ。男は怒鳴りながら女を揺さぶり続けている。子どもが女の腕から抜け落ち、階段を転がっていくのではないかとはらはらする。私は立ち止まりふたりをじっと見つめた。怒鳴り合いだけでも相当ひどいものだった。でも、すぐにも暴力沙汰になりそうで、とうとう口出しせずにはいられなくなった。またリオの悪い癖が出たと、ドリスに言われそう。私が立ち止まって見つめたことで、気恥ずかしくなったふたりがけんかをやめてくれればいい。でも、そうはいかなかった。でっぷり太った赤ら顔の、額の生え際が後退したその男は、汗だくになって女に向かってわめき続けている。とうとう子どもが泣き出した。

「歩けないようなやつ、うちに連れて帰らないからな！」男はそう叫んでいる「絶対にだめだ！　俺のうちには入れない！」

女が怒鳴り返す「なによ、あんたの娘でしょ！　そんなこと、よく言えるわね！」

解決方向へ向かう言い合いではない。ふたりとも相手に対して怒鳴るだけで、互いに相手の言うことを聞こうとしないし、泣きじゃくる子どもを気遣う様子もない。しかも、私が通りかかる前からしばらく続いているようだ。互いに相手の言いたいことはわかっていても、絶対に譲ろうとしない。強情さと声の大きさで片を付けると決めている。かわいそうに、このままでは子どもが階段を転げ落ちてしまうか、でなければ難聴になる。

男は女の腕をつかんで乱暴に揺さぶったり引っ張ったりしている。今すぐなんとかしなければ、とんでもない不幸なことになりそう。後日ドリスが言った。たいていは、リオがなんとかしようとすると、とんでもない不幸になるって。ということは、どのみち不幸になるということね。私はふたりの間に割って入り、男の腕に手を掛けた。

「はい、そこでストップ」その隙に、女はなんとか子どもを抱え直した「ひとまずここでけんかは中断して、大声を出さずに解決できないか考えてみない？」

「おせっかいはやめてうせろ」

失礼な男だ。でも少なくとも、妻の腕は放した。ところがあいにく、男は怒りの矛先を今度は私に向けてきた。

「どこのどいつか知らねえが、引っ込んでな。あんたには関係ない。さっさとうせろ！」

男が、私の顔の前でこうわめくと女が怒鳴り返す「やめなさいよ！　そんな失礼な言い方は！」その間も女の子は泣きじゃくっている。騒ぎがどういう展開になるかよくわからないが、このままでは私が難聴になりそう「ふたりとも、けんかはやめて」

そう言っても、まったく効果がない。

「おれに命令するんじゃねえ、このおせっかいババア」

「ちょっとブレンダン、落ち着きなさいよ」

「落ち着けだと。おれに指図するな！」男の顔は怒りで真っ赤になった。妻につかみかかって振り回さんばかりの勢いだが、ふたりの間にいる私は一歩も引かない。怒りをぶちまけようと、男は娘の車椅子を思い切り蹴る。が、かすっただけだった「さっきから言ってんだろ。そんなやつは俺のうちには入れないって！　中にもどって、看護師と医者のやつらに言ってやれ。おまえらがやったことだ、おまえらが世話をしろ、ってな」

気の毒に、子どもをしっかり抱えたまま、女は泣いている。子どもは泣き止み、むずかって母親の肩に顔を付け、小さなこぶしで目をこすっている。母親は何か言い続けているが、叫び続けてもう力を使い果たしたというように、その声はささやきになっている「そんなこと、できやしないわ。自分の娘だっていうのに、信じられない」それから他にも同じような意味の言葉が聞こえてくる。その間もまだ男はわめいていて、また暴力を振るわんばかりの勢いになる。怒りのため男の静脈が破裂して、うれしい結末にならないかと、かすかな希望を抱いたほどだ。

「はい、もうやめて。おふたりが問題を抱えているのはよくわかったわ。なんとか解決できないか、坐って話し合いましょ」

「なんであんたと話し合うんだよ、このおせっかいの……」

「ブレンダン！　やめて」

母親の大声に怯えた娘が、また大声を上げて泣き出した。

荒っぽい行動に出たのは私だ。女のひじをぐいっとつかみ、男から遠ざけるよう引っ張って行く。真っ赤な顔のブレンダンに向かって、肩ごしに言い捨てた「まずこの子をなだめるから、ここで待っていなさい」

「どこででも、なだめやがれ！　だがな、俺の家じゃないことは確かだ！」男は憎らしげな顔を妻に向ける「車に行くぞ。あと一〇分で出るからな。それに、そいつは」と娘を指さして言った「連れて帰らない！」

男は怒って行ってしまった。分厚い靴底の靴を履いている。ああ、身長を高く見せたいんだ。

私は母親に視線を向けた「それで、いったいどういうことなの？」

母親は困った表情で私を見ている。唇はしっかりと閉ざされたままだ。

「あのね」私は声をひそめて言った「おせっかいだと思われたくないけど、私、いろんなタイプの子どもの面倒をみてきたの。だからもしよければ、何かお手伝いするわ。かわいそうに、その子、こんな大騒ぎするまでもなく、じゅうぶん辛い思いをしているみたい」

娘をしっかりと抱きかかえた腕が震えている。事情を打ち明けようか決めかねている。そして心を決めて話し始めると、言葉が洪水のようにあふれ出てきた。

ジーニーはまだ四歳だが、重い胸の感染症を患っている。母親のシーラが何度か病院へ連れて行ったが良くならない。ある晩、ジーニーは高熱を出した。シーラはあれこれ手を尽くしたが、熱は下がらなかった。ジーニーの意識がなくなり、シーラは救急車を呼んだ。

ジーニーは病院でありとあらゆる検査を受けた。この症状の原因は感染症ではないと知り、両親は不安になった。長い長い夜が明け日中になっても、ジーニーは生死の境をさまよい続けた。そのうち、ようやく治療の効果が表れた。効いたのは、肺病の治療ではなく——髄膜炎の治療だった。

両親は困惑した。そこで、シーラが病院からかかりつけの開業医に電話をしてみると、驚くべき事実が判明した。医師は病気で休んでいた。入院していたのだ。二、三日前に髄膜炎と診断されたという。かわいそうにジーニーは、病気を治療するためその医師に診てもらい、別の病気をもらってきたというわけだ。髄膜炎は、死に至ることもある危険な病気で、どの親も恐れている——とはいえ、めったにかかるものではない。青少年や大人にさえ恐ろしい病気だというのに、幼い子どもがかかったら、受けるダメージは計り知れない。一命はとりとめたが、ジーニーの神経系統はひどい打撃を受けた。小さな脚はすっかり衰え、ほとんど使いものにならなくなった。腕も弱くなり手のひらが常にこぶしを握った状態になっていると、そのとき気づいた。

ジーニーの話を聞いた後、夫とはどういうことになっているのか尋ねずにはいられなかった。

「わけがわからないんです」シーラは鼻を詰まらせ、頭を横に振った「この子が歩けなくなるかもしれないと医師に告げられてから、ずっとあの調子です。あの人、本当にこの子を家に入れないつもりだわ。このままの状態では」

ジーニーの父親が、どういう理由であんなわからず屋になったのか、その心理的側面を解明するつもりはない。ひょっとしたら、もともとそういう性格だったのに、今まで誰も気づかなかったのかもしれない。でなければ、事態のこの急展開にショックを受けているのだろう。もしかすると、しばらくたって新しい状態の娘に慣れたら、考え方が変わる可能性もある。この夫婦には上に三人の子どもがいて、シーラによればブレンダンは——少々厳しいところはあるが——公平で面倒見のよい父親だ。今までこんな態度を見せたことはなく、どうしたらいいかわからない、というのだ。暴力を振るったことなどこれまで一度もないという。それでも、たったいま目にした振る舞いを考えると、あれほど怒鳴り散らしている男のところへジーニーを帰すのは安全とは思えない。なにしろ、暴力沙汰になる寸前をすでに目撃してしまっている。この夫婦には、頭を冷やす時間が必要だ。

「あのね」私はシーラに話しかけた「あの人に、この状況に慣れるための時間を与えてやって。ジーニーは私が二、三日預かるから。ご主人が落ち着いたらお宅へ帰すというのはどうかしら？」

わが家では、子どもをたくさん預かっているし、路上生活をする子どもを立ち直らせるために、ソーシャル・サービスとも連携していることなど、詳しく説明した。とうとうシーラは承知した。ハンドバッグの中をひっかき回して鉛筆と紙を取り出し、住所と電話番号を渡す。シーラからも連絡先を書いてもらった。そうしている間に、ブレンダンはエンジンをスタートさせた。私たちに向かってヘッドライトを点滅させている。やっぱり、あの男は好きになれない。

連絡先を交換したあと、ジーニーを私に預けると、シーラは折りたたみ式車椅子を、私の車のトランクに入れた。ジーニーをぎゅっと抱きしめてから私を軽く抱擁すると、シーラはブレンダンと共に車で行ってしまった。こうして私は、また余計なことに首を突っ込んだ——もうひとり子どもを預かってしまったのだ。シーラが夫にどう説明したのかわからない。ブレンダンが心配したのかどうかさえ疑わしい。私に文句を言いにくることもなく、ブレンダンは去って行った。赤の他人に娘を預けて。自宅に連れ帰るより、その方がいいと思ったのだろう。どうしてそんなことができるのか、まったく理解できない。

今ではこの話をすると、まるで私の頭のてっぺんからにょきにょきと脚が生えてきたみたいに驚いて見つめられる。そんなことはありえないし、信じられないほど無責任で、まったく気違い沙汰だと思うのだろう。住所と電話番号を交換しただけで、女が自分の子どもを他人に預ける？　そう、シーラはまさにそうしたのだ。今ならそんなことはまずない。でも四〇年前のアイルランドでは、そういうこともあったのだ。

最近は、子どもを守るための法律や規則、規定がきちんと整備されていて、とても良いことだと思う。でも、ひとつだけ言っておきたい。こういうご時世では、人前で言い争っている夫婦がいても、誰も仲裁に入ろうとしない。そっと脇を通り過ぎ、ソーシャル・サービスに知らせる人はいるかもしれない。でなければ、警察に通報だ。でも、その場ですぐさまふたりの間に割って入り、なんとかしようと思う人などいないのだ。もめごとを起こしている場に遭遇しても関わり合いたくないからだ。訴えられるかもしれない。巻き添えを食うかもしれない。余計なことをして恥をかくなんて、とんでもない。そして同様に、他人の助けを借りるのを嫌がる人が多くなった。他人はすべて悪人だと思ってしまうからだ。だから手助けもしないし、助けを求めもしない。近頃は、そんな風になってしまった。その結果、どれほど多くの子どもたちが苦しんでいることだろう。

あの頃は他人を助けたいと思うのは当然で、そんな私をシーラが信用したのも自然なことだった。ふたりとも、この上なく理想的な解決方法だと思ったのだ。

わが家に到着したジーニーは、思いのほか騒がなかった。もちろんご想像通り、最初の晩は母親をひどく恋しがったけれど。その晩は、私の寝室に子ども用ベッドを置いて寝かせ、小さな灯りを一晩中つけたままにした。ジーニーは、それからしだいに慣れていった。

車椅子でなるべく不都合なく過ごせるように、ヒューイが何時間もかけて、わが家の一階を模様替えしてくれた。障がいのある子どもの世話は初めてだから、学ぶことは多い。もう少し年かさの子どもなら、自分でレバーに手を伸ばし、車椅子を移動させて動き回ることもできるが、まだ幼いジーニーには無理だ。それに、腕の力も握力もない。ひとりではほとんど何もできないので、いろいろな意味で巨大な赤ん坊の世話をするようなものだった。それでも私たちは何の知識もないまま、こうしたらうまくいくかもという直感に頼りながら、工夫を凝らして独自の理学療法を編み出した。

私の目標は、ジーニーをなるべく車椅子から立ち上がらせておくこと、それに、弱った筋肉を使わせることだった。

一日たち三日が過ぎ、そして一週間が過ぎ去った。少々心配になってきた。一週間もあれば、ブレンダンは落ち着いて、娘の置かれた現状を受け入れるだろうと思っていたからだ。

一〇日ほど過ぎたころ、シーラから聞いていた番号に電話をかけた。誰も出ない。

それでも大騒ぎしなかったのは、あらかじめドリスに言われていたからだ。ことの次第を説明したとき言われてしまった。面倒な子どもを押しつけられ、いいように利用されている、その夫婦は連絡を寄こすはずがないし、二度とお目にかかることもないだろうと。例によって、私はかもにされただけで、食べさせる子どもがもうひとり増えたのだ。その通りだとは思いたくない——ドリスに「だから言ったでしょ」とは、絶対に言われたくない。特に、今回のジーニーのことでは。

私は、自分の直感を信じた。シーラは娘を愛していて手離す気はない。なんとかして夫の気持ちを変えようとしているはず。

数日おきに、電話をかけた。はじめのうち、何度電話しても誰も出なかった。でもようやく、あるとき「もしもし」と誰かが応えた。シーラにちがいない「こんにちは、シーラよね？　リオですけど」と言うと、ガチャという音の後にツーという発信音。このときはじめてあせりを感じた。

こうなったらもう、することはひとつだけ。聞いていた住所まで運転して行き、どういうことなのか確かめるまでだ。ジーニーの持ち物すべてを鞄に詰め込み車椅子を載せ、ジーニーを連れて自宅を目指し車で出発した。娘の姿をひと目見たら、両親はすぐに引き取ってくれるだろう。

キンメージの閑静な住宅街で目指す家を見つけて車を止めた。ジーニーを腕に抱えると、玄関のドアをノックする。ドアが開くと、シーラが立っていた。私を見て浮かんだ表情は喜びとは程遠い。例えば、靴に何か汚いものが付いてしまったとき、人はこういう表情をするものだ。中に入れてくれるどころか玄関から急いで出ると、シーラは後ろ手にドアを閉めた「いったい、なんでここに来たのよ？」

母親を見たジーニーは、もちろん私の腕から逃れようともがいている。ジーニーを抱きかかえるとシーラはキスの雨を降らせたが、そうしながらも、あたかも私の気が違ったかのようにこちらを見ている。

「何度も電話したんだけど」なんで私が弁解しているの、と思いながらもそう告げる。

「うん、わかってる。でもね、まだジーニーを運れてきてもらうには早すぎるのよ」

何よ、それ。

「でも、そろそろ二か月よ。父親は寂しがっていないの？　少しは落ち着いた？」

シーラはきっぱりと首を横に振った「ぜんぜん。お願い、もう少し預かってくれない？」

預かるのはお安いご用だ。でも、そういう問題ではない。父親のそんな態度をどうして許すのか、私には理解できない。もし私の夫がうちの子どもを――いや、うちの子に限らず、どの子でも！――家から追い出そうとしたら、私はどうするだろう。知る必要がなくて夫は幸せだ。いったいシーラは、何を考えているの？　のちにドリスが言った。世の中のすべての妻が、私のように家庭内で決定権を握っているわけではない。残念ながら。娘が戻ったことを夫に知られるのではないかとシーラがひどく怯えていたので、仕方なく別れを告げると、車に戻った。ジーニーは泣いたけれど、どうしてまた母親から引き離されるのか、四歳児が納得するように説明するなど、私には無理だった。

幸い最終的には、ドリスに「言ったでしょ」と言われずに済んだ。結局のところ、この子の両親は私を利用したのではなかったのだ。その後、シーラは毎週娘に会いに来るようになった。そしてついには、ほぼ毎日やって来た。病院や医師と連絡を取り合っていたから、ジーニーは定期的に理学療法を受けることになった。シーラは喜んで、娘を連れて病院へ通った。

ジーニーが車椅子から立ち上がり、歩行補助器を使って動き回ることができるようになると、シーラは夫を説得し、娘を連れて帰った。

喜ばしい日になった。「一、二日」預かるという私の申し出は、なんと一年近くになっていた。

ドリスは「言ったでしょ」とは言わなかった。そのかわり私は、耳をふさぎたくなるような説教を、たっぷりと食らうことになった。

11　北アイルランドの子どもたち

北アイルランドの情勢が深刻化してきた。北側では民兵組織と関わりを持ったという理由で、大勢の男女が連行されていた。当局は、なんくせをつけて人々を連行し、取り調べも行わずに拘束した。いつ釈放されるのか、あるいは、そもそも釈放されるのか、誰にもわからなかった。その中には子どもを持つ父親もいたので、片親になった家庭も多く（一家の大黒柱が留置所に入れられ、子どもを養うことができない）、子どもだけが取り残されることもあった。数えきれないほどの家庭が崩壊した。教会や、様々な組織や個人が、そういう家庭の子どもたちの行き場を探すのに骨を折った。けれども収容場所はすぐに満員になり、国境を越えた南側に助けを求めざるを得なくなった。フランスから連れて来た少年の一件を通して、私と司祭のニアリー神父とはすでに気心が知れた関係になっていた。だからある日、玄関のドアをノックして現われたのがニアリー神父その人でも、それほど驚かなかった。

「あら、神父さま。お入りになって。どうぞお坐りくださいな。いまお茶を入れますから」

「ありがとう、リオ。いただきますよ」

司祭は腰を下ろした。ちょっと触れたら勢いよく跳ね返りそうな、ぐるぐる巻きにしたスプリングみたいにそわそわしている。司祭のやり方はよくわかっている――どっかりと腰をおろしてまず世間話を始め、肝心なことはすぐには切り出さない。そして私に手伝ってもらいたいことへと徐々に話を持って行く。いつもなら私も、社交辞令に話を合わせるのだけれど、用件をずばりと言ってもらいたいときもある「どうなさったんです、神父さま？　何かあったんですか？」

うちの犬の一匹が、司祭の脚の上に坐り込んだ。犬の耳の後ろを掻いてやってから、司祭は顔を上げて私を見た――かすかに微笑みを浮かべているが、楽しそうな表情ではない「お察しの通りだよ、リオ。実は、助けてもらいたいことがある。北側の子どもたちを数人、二、三日のあいだ預かってもらいたいんだ」

「もちろんお安いご用ですよ。年はいくつです？」

「それが、よくわからんのだ――幼児からティーンエイジャーまでいろいろだと思う」

私はうなずいた「うちで預かりますよ。ベッドが三つ空いていますから。それにね、うちの子たちにふたりでひとつのベッドを使わせたら、五人まで預かることもできます」

司祭は顔を上げた。緊張した面持ちに変わっている「すまないが、五人より少々多いんだよ、リオ。ずうずうしいお願いで本当に申し訳ないんだが、六人ほど――いや、十人預かってもらいたいんだ」

意識はしていなかったけれど、たぶん便秘に苦しむグッピーみたいな表情を、私がしたのだと思う。

司祭はうろたえた。

「ほんの一日か二日だ！　そのあとは、預かってくれる家庭を探すから。必要なら、長く預かってくれるところを見つけるさ。でもその前に、北側から連れて来なければならんのだよ、リオ。親が拘束された子どもたちは、不当な扱いを受けて苦しんでいる。今すぐ助け出してやらなければならん」

「うちには、寝室が三部屋しかないことは、もちろんご存じですよね？」

「わかってる。ちょっと大変だね」

ちょっと大変ですって？　腹ペコの子どもたちに、ひからびたパンや骨と皮だけの魚を食べさせるだけで済ませるような人間じゃないってこと、思い出させてやりたいわ。

司祭はあきらめようとしないので、私はその言葉を信じるしかなかった「本当に、一日か二日だけだから。教会が滞在先の手配をしている間、子どもたちにベッドと温かい食事を提供してくれるだけでいい」

キッチンを見回しながら、ベッドをどこに置こうか思案し、誰が枕と毛布を貸してくれるか考え、ひとつしかない浴室をどうやりくりして一ダースほどの子どもを風呂に入れたらいいかあれこれ考えを巡らせた。

気もそぞろな私の様子を見た司祭は、断る言い訳を考えていると思ったようだ。もう帰ろうと立ち上がった「ずうずうしく頼んですまなかった。お騒がせしたね」

「ちょっと待ってください、神父さま」私は、テーブルの上にあった紙と鉛筆を手に取った。さっきまで宿題をしていた子どもたちが使っていたものだ「それで、どうしたらいいのか指示してくださいな」

ドリスに電話をして、親戚や友人知人から、できるだけたくさんの毛布と枕、それにタオルを借りてきてくれるよう頼んだ。頼んだものを、ドリスはバンで運んで来てくれた。それに、牛乳を数本とシリアルを数箱、食パンも何斤か持ってきてくれた。ありがたいことに、あちこちで支援を得てきたのだ。バンからすべてを下ろして運び込むと、家の中がはち切れんばかりになった。まだひとりも子どもが到着していないというのに。

「まったく」ドリスはキッチンと廊下を見回してつぶやいた「これじゃあ人が入るスペースがないわね」

「ええ、私とヒューイは床で寝るわ。居間にも子ども用ベッドをいくつか置く。食事は入れ替え制にしなくちゃ」

「なんならうちにも二、三人連れて行くわよ」子どもを預かって欲しいと、ドリスに頼んではいない――というのも、私と違って他人を家に入れたがるたちではないからだ。これは大きな進歩だ。

「そうしてくれる？　すごく助かるわ」嬉しくなった。

翌日の午後、私たちはすべてを整え、子どもたちの到着を待っていた。

そして、待った。またしばらく、待った。

司祭に電話をしてみたけれど、つながらない。ひたすら待つ以外に、できることはない。

幸い季節は夏で、遅くまで辺りは明るい。そうでなければ、真っ暗闇の中で子どもたちを迎えるところだ――当初の到着予定時刻を何時間も過ぎ、もう午後十時になるというとき、最初の車が四人の子どもを乗せて到着した。すぐ続いて、まるで車列を組んだ護送車のように、数台がつながって通りを走って来た。そしてまた数台。さらに数台。いったい、どうなっているの？

司祭がそのうちの一台から降り立った。群がっている子どもたちを順々に整理して、戸口からどんどん入れていく私を手助けしてくれる。

今のところ、十人がわが家の敷居をまたいだ。まだ車が到着してくる。

司祭はくたくたに疲れ切っている。私を脇に連れて行き、こう言った「実はね、予定より子どもの数が増えたんだよ。北側では本当にいろいろ大変だから」

また数人、子どもが家に入って行った。なんてこと――これで十三人だ。

私は息をのんだ「わかりました。それで何人になったんです?」

コートのポケットから書類を取り出すと、司祭はぎこちなく振り回した「ええっと……さんじぅ、ぐぉ……」気兼ねしながら、ボソボソつぶやく。

「は? 何人とおっしゃったの?」

咳払いをして、司祭は言い直した「最初の予定は十数人だったんだが、車がどんどん到着して来て」

少なくとも、さらに四人が到着したのが目の端に映る。ドリスが、まるで交通整理をするように子どもたちを誘導している。

「それで?」

「その……、三十五人だ。全員で」少なくとも、申し訳なさそうな顔をする常識は持ち合わせている。

「なんだそりゃあ!」そう叫んだのはドリスだ。汚い言葉を口にしたことを司祭に謝りもしないし、それも無理もないと司祭の方も気を悪くする様子はない。

「わかったわ」小さな鞄を抱えている子、毛布を手にしている子、何も持っていない子が、次々に到着してくる。うちの子たちは階段に立ち、大声で的確な指示を出す「はいはい、鞄はテーブルの上に置く! でないと犬にかじられちゃうよ!」

「さあて、何から始める?」ドリスが全員を一か所に集めようとする――ふらりと裏庭に出てしまった子もいる。

「いい?」と私は話し始めた「グウェンとローズは自分の毛布を持ってきて。今夜はバスタブの中で寝るのよ。それから神父さまと私は、ご近所にお願いに行かなくてはなりませんよ。全員がわが家で寝るのは無理ですから。助けてもらわないと」

そして、私たちは近所を回った。一軒一軒訪ねて歩き、ありがたいことに、まったく唐突に頼んだにもかかわらず、午後十一時までには何軒かの家庭が、子どもをひとりかふたり引き受けてくれた。帰宅すると、わが家で十五人の寝場所を確保するだけになった。

読者のみなさんは、司祭が私に、ほんの一日か二日だと言ったのを覚えているだろう。例のごとく、まったくのたわごとだった。結局、子どもたちは一週間以上わが家に滞在した。年齢は二歳から十七歳。きょうだいもいれば、たったひとりで怯えている子もいた。ここまでどうやって連れて来たのか不思議なくらい。それでもみんなで力を合わせ、なんとか乗り切った。

食事はいちどに六人の交代制にした。子どもたちが手伝ってくれたけれど、それでもうんざりするほどジャガイモの皮むきをしなければならなかった！ 洗濯機はずっと動きっぱなし——でもその前に、自分の洋服とタオルに名前を書かせなくてはならなかった。もちろん、洋服とタオルを持っている子の話だけれど。ときおり、自分のブラウスよりあっちの子のがいいと言い出す子がいたりして、ちょっとした騒ぎになった。（北側の政府が紛争を解決したいと真剣に望むなら、ティーンエイジャーの女子の集団にことにあたらせたらいい。あの子たちのひどい悪意に対抗できる者などいないから）。それから、することの当番表を作った——皿洗い、掃き掃除、ごみ出し、小さな子の世話、犬の散歩、などなど。子どもひとりが嬉しそうに（私にはそう見えた）、わが家を『キャンプ・リオ』と命名した。

それから一〇日ほどの間に、ひとりひとり、あるいはふたりずつ、子どもたちの滞在先を司祭がなんとか探し出した。ほっとすると同時に、ちょっと寂しくなった——全員が出て行ったあと、家の中がしんとしてしまったからだ。騒がしくて押し合いへし合いしている状態だったけれど、実は楽しかったのだ。

それほど大勢の子どもを同時に預かったことは、あれ以来一度もない。でも残念ながら、あのできごとを皮切りに、親が拘束された子どもたちが、北からどんどんやって来るようになった。その後の三年間、一度に五人以上ということはないけれど、私は子どもたちを預かり続けた。子どもたちが長期間住むことのできる場所を教会か仲介者が見つけるまでの間、一時的に滞在する場所としての役目を果たしたのだ。

あのとき学んだ多くのことが、今も大いに役立っている。洋服に名前を付ける、家事の当番表を作成する、宿題の確認表を作る。ちょっとした軍隊を組織するとまではいかないけれど、ものごとをスムーズに進めるのに役に立つ方法ばかりだ。子どもを持つ母親なら、わかるはずだ。子どもを三、四人育てるのは、陸軍元帥の仕事のようなものだと。

12　一四番目の子チャーリー

北アイルランドの子どもたちの大群が去り、わが家はいつもの状態に戻った。もちろん、長くは続かなかったけれど。

息子のパトリックが、あるときこう言った。朝、家を出て学校へ行く。家に帰ったら、子どもが何人いるのかな。新しい子どもが来ることを息子は楽しみにしていた――一緒に遊ぶ同年代の友達が欲しいと思っていたのだ。

そういう意味では、私は息子の期待を裏切っていたのかもしれない。というのも、パトリックは自分で子どもをひとり、家に連れて来たからだ。

息子はチャーリーとは何年間も同じクラスで、それまでもよくうちに連れて来ていた。ある日学校から帰ると、チャーリーにうちで夕食を食べさせていいかとパトリックに尋ねられ、もちろんいいわよと答えた。

夕食が終わってもチャーリーは帰らない。しばらくすると息子は、チャーリーを泊めていいかと聞いてきた――翌日は、学校へ行かなければならないのに。こんなことが以前もあったような。

翌日学校が終わると、パトリックと一緒にチャーリーがわが家に帰って来た――着替えを入れた袋を抱えている。

私はパトリックを部屋の隅へ引っ張っていった「どういうこと？」

「チャーリーは今夜もうちに泊まるって。いいよって言ったから」そう言い放ち、チャーリーを泊める準備をしようと二階へ駆け上がった。

わが家ではチャーリーは歓迎されるはずで、私がダメだと言うなどあり得ない。息子がそう考えたことがうれしかった。この新しいお客についてドリスに話すと、救いようのないお人よしと言われた。十四歳という年齢の少年が、自宅にいづらいことがあるのは承知している。親に口答えをしたり、きょうだいげんかをする年頃だし、ときには息をつくことのできる場所も必要だろう。二、三日逃げ出したいという気持ちはよくわかる。けれども、着替えを入れた袋の数が日ごとに増えていき、チャーリーは日一日と腰を落ち着けていく。それに、チャーリーを部屋に泊め続けていても、パトリックはまったく平気なのだ。一週間が過ぎた。

とうとう私はチャーリーに尋ねた「お母さんは、ここにいることを知っているの？」

肩をすくめると、チャーリーははっきりしない調子で答えた「うん、たぶんね」

たぶん？　かんかんになった母親が、息子を捕虜にされたとわめき散らしながら、うちに怒鳴り込んでくるのが目に浮かぶ。何かあやしいにおいがする。あ、年頃の少年から漂ってくる、あの悪臭のことではなくて。

翌日の午後、私は二マイルほどの道のりを、チャーリーの自宅へと車を走らせた。家がどこかは知っているが、母親のことはあまり知らない。

ドアをノックする。

じゃがいもと小さなナイフを手にした母親が顔を出した。私の姿を認めると、びっくりした眉が額の生え際から髪の中へ隠れてしまうくらい驚いた。

「リオさん！　ですよね？　何かあったんですか？　チャーリーが何かしたとか？」

良い面と悪い面を合わせもつ典型的なケースだ。良い面――母親がチャーリーの居所を知っている。悪い面――息子が他人に世話になっているのに、まったく悪びれた様子がない。

「いいえ、そんなことありません」

「ああ良かった。あの子が何かやらかして、家に帰されるのかと思いましたよ」

やっぱり何かおかしい。私を中へ招き入れるそぶりも見せないし、私の家に自分の息子がいることに心から満足している。

私はこれまで何度も問題児に接してきた――チャーリーは、そのたぐいの子ではない。それなのに、なぜいとも簡単にチャーリーを家から追い出そうとするのか、まったく理解できない「もちろん、うちではチャーリーを歓迎しています。でもね、あの子が帰らないことをお母さんが知っているのか確認したくて」

そう聞くと、母親は慌てふためいた「ええ、帰らなくてもまったく問題ありませんよ、リオさん。しばらく預かっていただけませんか。うちではあの子もピーターも、置いておくスペースがないもので」

「それじゃあ、チャーリーを私の家で預かってていいんですね？」わざと控え目に言ってみる。

母親は胸に手を当てて言った。小さなナイフを持ったままだ「もちろんです。さっきはあせりましたよ。あの子がいたずらをして、もう預かってもらえないと言われるのかと思って」

こう言われて初めて自覚した。この界隈で私が母親たちにどう思われているか――明らかに、ユースホステルでも経営しているみたいに思われている。

数分の間、母親が事情を説明するのを外で立ったまま聞いた。風の強い日で凍えるほど寒かったというのに。何も、特別な食器で料理を出すような日曜の晩餐に招いてくれと言っているのではない。外は寒いからどうぞと、ちょっと中に入れてくれるだけでいいのだ。でも、そんな様子はまったくなかった。母親は戸口に立ってドアから顔を出したまま、言い訳をあれこれ並べ立てた。

とにかく、そのみじめな母親は十五人の子持ちだとわかった。上の三人が仕事を求めてイギリスへ渡ってもう数年になる。ちょうど良いタイミングで出て行った——おかげで下の子たちのためのスペースができた。ところが、イギリスでの仕事はうまくいかなかったようで、ふたりが戻って来た。それで、家の中は信じられないくらい混み合った。まずベッドが足りない。上のふたりが帰って来たことで、床の上にさえ空きスペースがなくなった。

まったく理解できないし——理由を尋ねもしなかったけれど——上の子が家に残ることになり、いちばん下のふたりが追い出されることになった。どこか別の場所へ行くよう、母親はふたりに言い聞かせたという。そういうわけでチャーリーはうちに来た。弟のピーターは、バリファーモットにある友達の家にいるということだった。

のちに、ことの次第をドリスに説明するとドリスは鼻で笑い、テーブルの向こう側から、私に向かってタバコの煙を挑戦的に吐き出した「子どもを産んではいけない女もいるのよ。ことに、自分にその自覚がない女はね」

「その通りね。下のふたりの行き場があって良かった」

腕組みしながらも、手で持ったタバコはまだ私に向けている「あんたがみんなに利用されているのは確かね。『困ったわ、子どもを育てられない——そうだ、リオに押しつけよう。ずっと預かってくれるもの』って」

「まさか」タバコの煙を外へ逃がそうと、私はキッチンの窓を開けた「チャーリーをうちで預かるのは夏までだから。それまでには、上の子たちは仕事を見つけて出て行く。そしたら母親も手が空く。チャーリーは家に帰れるわ」

「その頃には私も、お尻でピアノを弾けるようになってるってわけね」バカにしたようにドリスは言った「見てなさいよ。この子も居座ることになるから。他の子がみんなそうだったようにね」

ドリスの予想は、半分当たった。つまり——またのちに言われたのだけれど——私は、少なくとも半分は間違っていたということだ。

チャーリーは、確かにわが家を出て行った。でもそれは、高校を卒業し、電気工としての訓練を終えて——十九歳になってからだ。その間チャーリーの母親が私を家に呼んでくれることは一度もなかった。自分の子どもを家から放り出すのが、あの母親の得意技だったということだ。

13　グレイスの子どもたち

一九八〇年代半ば、わが家にはすでに大人になった私自身の子どもたち、それに他にも子どもが何人かいた。ローズにチャーリー、それからときおり、フィングラス・マーケットから子どもを預かる。それでも、おおむね落ち着いた状態だった。でも、やはり長くは続かなかった。

ドリスの近所に、何年も前から知り合いの、グレイスという名の三人の子持ちの女がいる。ドリスとグレイスは、子どもが生まれるずっと前から親しくしていて、私はあの子たちのおばちゃんになるの、とドリスは言っていた。でも残念ながら、軽薄でパーティ好きのグレイスは、ドリスが自分の子どもと関わるのを快く思っていない。グレイスは未婚の母で、十歳のベン、八歳のタミー、三歳のシャロンはみんな父親が違う。当時はまだ、未婚の母は珍しかった。それでも、少なくともグレイスは、何の隠し立てをすることもなく子どもを育てていた。

グレイスはじっくりと母親業に専念するタイプではない。常にお楽しみを求めているし、男をあってはすぐ別れるということを繰り返している。子どもたちは長い間ほったらかしで、まるで子どもだけで生活していけといわんばかり。それに気づいたドリスはひどく腹を立てていた。ドリスが首を突っ込んで手助けしようとすればするほど、グレイスは彼女を遠ざけようとする。常にもめている状態だった。

とうとうある週末、ドリスに軍配が上がったように見えた。

グレイスに新しいボーイフレンドができたことは、みんなが知っていた——毛深くてむっつりした頭の鈍い男で、スーツは安物ばかりだしポンコツのダサいイタリア製スポーツカーを乗り回している。雨の多いこの国で雨漏りのするボロボロのほろの付いたオープンカーを運転するなんて、こっけい極まりないと、みんな思っていた。それでもグレイスは、最高にかっこいいと思っているのだから、どうしようもない。最近は特に遊びが過ぎるようになり、雨漏りのするポンコツに乗って、風に吹かれて髪をドブネズミの巣みたいにもじゃもじゃにしている時間が家にいるより長くなっている——ということに、ドリスが気づいた。その新しい彼氏と、コーク近くのフォタ島で週末を過ごすと知らせてくると、子どもたちの世話はどうするのよとドリスは声を上げた。

グレイスは、余計なお世話とドリスを黙殺し、詳しい日程を知らせなかった。

それから数日の間、ドリスは毎日グレイスに電話をかけたが、誰も出ない。とうとう土曜の午後遅く、様子を見に行ってみることにした。偵察に来たと知ったらグレイスはいやがる——かんかんになって、大騒ぎするかもしれない。この数年グレイスの素行がおかしくなっている。酒のせいかもしれないし、他にもぞっとするような原因があるのかもしれない。ドリスが言うには、自分とグレイスのような凶暴な女ふたりが接近戦を始めたら、連合軍のノルマンディ上陸作戦*だってハイミスのおばさ

親友のドリス。私の里子のひとりと。

んとアフタヌーンティを楽しむくらい穏やかなものに感じられる。

＊　第二次世界大戦末期の一九四四年六月六日に連合軍によって行われたドイツ占領下の北西ヨーロッパへの侵攻作戦。

ところが、けんかどころか騒ぎさえ起こらなかった。誰も出てこないのだ。物音が聞こえたような気がして窓から中をのぞいた。自分の目を疑ったという。

それからドリスはすぐさまうちにやって来て、両腕を振り回しながらキッチン中をイライラと行ったり来たりしはじめた。

「それで、何がそんなにひどい状態だったの？」

「ベンがいたわ。テレビがついていたけど、見ていなかった――黒いごみ袋を手にして、ぐるぐる回しながら部屋中を歩き回ってた」

私は片方の眉をぴくりと上げた「別に、恐ろしいこととは思えないけど」

「そうかも――でもね、幼いシャロンが、ベビーサークルの中で顔を紫色にして悲鳴を上げているの。そのすぐそばでベンがごみ袋を振り回していて」

「テレビの音で、シャロンの声が聞こえなかったんじゃない？」

「そんなわけない。シャロンの姿は目に入ってたはず。だけど気遣う様子はまったくなくて」

「で、グレイスはいたの？」

ドリスが首を横に振る「グレイスもタミーも、いる様子はまったくなし。あのむっつり男の、ダサい車もなかったし」

「まだ寝てるとか」

「子どもが絶叫してるのに?」

「じゃあ、酔いつぶれてる、かな」

ドリスは額にしわを寄せた「かもね。だけどそれじゃあ、説明にならない。誰も電話に出ないのはどうしてよ?」ドリスは、テーブルの上にあったコーヒーカップのソーサーにタバコを押しつけてもみ消した「なんかおかしいの。家に入ってみようと思う。一緒に来てもらえる?」

この言葉でグレイスがどれほど凶暴なのかがうかがえる。ドリスに援軍が必要なことなどほとんどないからだ。なにしろドリスなら、たったひとりでオマハ・ビーチ*に出かけて行き、ドイツ軍に向かって「すっこんでろ」と言いかねない。

* ノルマンディー上陸作戦で上陸した連合軍が苦戦を強いられた海岸。

「わかった。行ってみましょ」

毛糸の上着をはおり温かい靴をはいて、私たちはグレイスの住む長屋へ出かけた。

まず、通りいっぺんのことをする。玄関でベルを鳴らす。ドアをどんどん叩く。誰も出てこない。それからドアをこじ開けようとする。でも開かない。正面の窓から中をのぞいてみても、誰の姿も見えない。それに、行く前にドリスが電話をしていたが、誰も応えなかった。

裏口へ回りドアをどんどん叩く。それでも何も起こらない。家の裏の窓からは、台所を通してリビングの奥が見え、シャロンのベビーサークルが置いてあるのがわかる。中にいるシャロンの片足と背中が少し見えた。横になって眠っているようだ。でも、何かおかしい。呼び鈴を鳴らしても、ドアをノックしたりどんどん叩いても、目を覚まさないなんて。

ドリスも同じことを考えたようだ。私の肩ごしに中をのぞきながら汚い言葉でののしった「ベンのやつ、どこ行った？　タミーは？　グレイスが留守の間、いったい誰がシャロンの面倒みてるんだ？」

　裏口の戸の取っ手を握り、ひねったりひっぱったりする。それもでも開かないとわかると、今度はドアを蹴っ飛ばす。私はまだ中をのぞいていた。外でこれほど騒いでいるのに、サークルの中の子が何の反応も示さないのは、確かにおかしい。

「ドリス、中に入るわよ」

　ドリスは裏口のドアに体当たりしているところだった「わかった」

「ちょっと手を貸して」私は窓枠にひざを乗せようとしていた。窓の上の部分が、しっかりと閉められていないように見えたからだ。十代のころ、門限が過ぎた後も抜け出したりこっそり入ったりを繰り返していた。だから、その窓なら開けられると当たりをつけることができた。

　ドリスが私を肩に乗せて持ち上げる。

「くし、ある？」

　無言でショルダーバッグの中に手を突っ込み、ドリスは持ち手の部分がネズミのしっぽのように長いくしを取り出す。相手がドリスだと、すぐ通じる。説明する必要がないし、尋ねてくることもない。

　プラスチック製のくしの、長くとがった持ち手の部分を使い、窓の上部をこじ開け、手を入れて掛金をはずした。窓が開き中に入った私たちは、汚れた食器でいっぱいの流しの中に着地した。

　床に跳び下りた私は、まっしぐらにベビーサークルへ向かう。ドリスもすぐ後に続く。

　シャロンは、ぴくりともしない。

　嫌な予感。

　ベビーサークルの端に手を掛けた。強烈な悪臭がする。汚れたオムツから漏れ出す臭いではない。

これに比べたら、汚れたオムツの臭いなどかぐわしいくらいだ。何かが腐っている臭いだ。

手を伸ばしてシャロンの肩に触れる。

「シャロン、ねえ、シャロン――起きてる？　起きてくれない？」

ドリスは口もきけずに、突っ立ったままだ。

シャロンはわずかに頭を動かし、手を顔に持っていくと、うめいた。

身に着けているのは、薄汚れたTシャツ一枚だけ――それも、自分のTシャツではない。サイズが大きすぎるから、きっと兄のものだ。下には、ぐしょぐしょに濡れてたるみ、中身が漏れ出したオムツをつけている。もうすぐ四歳だ。どうしてオムツをしているの？　体には、ぼろぼろの汚らしい毛布が巻きつけられている。その毛布は、おしっこの強烈な臭いがする。

「大丈夫なの？」シャロンに触れようと、ドリスが手を伸ばす。

シャロンに近い私が額に手を当てた。熱くはないから熱はない。それどころか、むしろ冷たい。顔はげっそりとやつれている。

「生きてる。でも、大丈夫じゃない。ひどい状態」

少しの間、眉をひそめてシャロンを見下ろしていたドリスが、くるりと向きを変えてベビーサークルから離れた。

「ベン！　タミー！」狭いホールへ出て、二階へ向かって大声を出す「ベン！　いるんでしょ。ここに下りて来なさい、今すぐ！　タミー、どこ？」階段を踏み鳴らして上る音がする。子どもたちを探しに行ったのだ。あの子たちの身の安全のためには、見つからない方がいい。

私は部屋の中を見回した。散らかり放題で、イタチの家族が喜んで住み着きそうなくらい汚らしい。

古くなったフィッシュアンドチップス特有の臭いが包装紙の山から臭ってくる。タバコの煙の悪臭もする。吸い殻が入ったままの灰皿が、あちこちにあるからだ。

ソファーの後ろの汚れを覆い隠している毛糸のショールを見つけると、私はシャロンを包み込んで抱き上げた。ぐしょぐしょでたるんだオムツから何かが大量に漏れ出す。あまり考えないことにする。ショールをうまく使って、コートに汚物が付かないようにした。

ドリスが、猛烈に腹を立てて二階から下りてきた。顔は紫色になり、ひどい怒りでゆがんでいる。最高潮に達した怒りは、今にもメルトダウンを起こしそうだ。

「あの子たちもどこにもいないし、グレイスもしばらく帰ってない。化粧品と歯ブラシが見当たらないから」シャロンの額に手を当て、小さな顔をのぞきこむと声をかけた「気分はどう？」

シャロンはかすかに体を動かした「おなか、すいた」かすれた声を絞り出す。

私は、シャロンをショールで包みなおした「早くここから連れ出さなきゃ。お風呂に入れて、何か食べさせないと」

私たちは玄関へ向かった。ドリスがドアの取っ手に手を掛けようとしたちょうどそのとき、外側から鍵を開ける音がして、ドアがバタンと開いた。フライドポテトの入った袋を片手に、もう一方の手に炭酸飲料を持ったベンが立っている。私たちを見ると、目をぱちくりさせた「ここで何してるんだ？」

ドリスがベンの耳をひきちぎり、鼻の穴に突っ込むのではないかと思った。ベンの襟首をむんずとつかむと、手にしていたポテトが床に勢いよく散らばった。

「ああ、おれの夕飯！」

シャロンがわめき始めた。泣き声ではないし、うめき声というには大きすぎる、胸が張り裂けんばかりに悲しみ嘆く声だ。疲れ切って泣くこともできない声にも聞こえる。精神的にまいっていたのか、それとも体力的な限界がきていたのかわからない。けれども、兄の声を聞いてブルブルと震え出し、抱えている私の歯までガチガチ鳴った。

そのときようやく、私がシャロンを抱えていることにベンが気づいた。

「いったいどうするつも――」

言い終わらないうちに、ドリスがもう一度、ベンの襟元を締め上げた「どこに行ってたの？　タミーは？　どうしてこの子をひとりきりで置いていったの？」

ベンは肩をすくめた「タミーは友達のところさ。おれは食べ物を買いに行ってた」妹の方へ顔を向けて続けた「シャロンは大丈夫だったし」

「大丈夫だって？」ドリスが、またベンを揺さぶった「この臭い、わかる？　これで大丈夫っていえる？」

ベンは、もう一度肩をすくめた。強いタバコの臭いがする。十歳の少年には普通のことではない。妹の存在は無視、私たちのこともどうでもいいという様子だ。床にこぼれたフライドポテトだけが気になっている。

ドリスはベンから手を離した「ママはどこ？」

ベンは薄ら笑いを浮かべた「いないよ。もう何日も」

「何日も、ですって？」

「そう。で、もうポテト拾っていい？」

ドリスはベンをにらみつけている「何のこと？」

「フライドポテトだよ。床から拾ってもいいかって聞いてんの」

ドリスは、まるで初めて見るような目つきでベンを見つめている。実のところ、こんな様子のベンをドリスは見たことがなかったのだ。

そのすきをついて素早くかがむと、ベンはフライドポテトを拾い集めて包み紙の中に入れた。

そのときようやく、私も口をきくことができた「あのねベン、シャロンを連れて行くから」

ベンは立ち上がり、ポテトをひとつ口に入れた「ああ、わかった」

「ママから電話があったら、私たちのこと必ず話すのよ」

私たちの横を素通りすると、ベンはリビングに入って行った。

「電話なんか、してこないよ」というのが聞こえ、それからテレビをつける音がした。

ドリスが後を追おうとする。その眼差しには、殺意こそないが優しさのかけらもない。私はドリスの腕をつかんだ「ほっときなさい。あの子と母親のことは後回しでいい。まずはシャロンを連れ出すの」

ドリスがうなずく。怒りが激しすぎて、かわいそうなシャロンと同じくらい体を震わせている。ただちにドリスも連れ出さなければ。出て行く前に、家の中に向かってベンに声をかけた「何かあったら、ドリスの家はわかるわね——電話するのよ」

テレビの音がする——音は大きくない。ベンには、私の声が聞こえているはずだ。ベンは答えなかった。私たちはそこを後にした。車に向かって歩きながら、私は独りごとをつぶやいた。

ドリスが頭を上げる「なんて言ったの？」

「あの家よ。あんなに汚らしくて」

「それがどうかした？」

「たしか、ベンがごみ袋を持ってたって言ったわよね」

ドリスが私を見つめる「そうよ。確かに見たわ」

「それで何をしてたっていうの？　片付けでないことは確かね」

それについては、ふたりとも答えを出すことができなかった。

帰宅してまず最初に、バスルームを占領して暖かい風呂をたいた。それから、シャロンの体中を覆っている汚らしいものをはがし始めた。オムツを脱がせるときは、バケツの中に立たせた。浴槽の湯に入れても大丈夫と思えるまで、何度も体をふきとってきれいにしなくてはならなかった。触っても大丈夫という意味ではなく、お湯に入れても大丈夫ということだ。浴槽に立たせて体をゴシゴシふき取りながら、牛乳を一杯手渡した。すごい勢いで飲み干してしまったので、もどすのではないかと心配になった。ドリスに頼んで、小さなマグカップに牛乳を温めて蜂蜜を入れてもらい、ゆっくり飲むように言い聞かせる。それで少しは力がついたようだ。

シャロンをお湯に入れ、層になってこびりついている汚れを洗い落としているうち、この子に何が起こっていたのか、しだいに状況が見えてきた。浴槽から上がらせ、やせこけた細い腕と脚を柔らかいタオルで拭いている間、シャロンに見られたくなくて、ドリスは顔をそむけていた。涙が止まらなかったのだ。

シャロンはもうすぐ四歳だが、体の大きさや体重は、ずっと幼い子どものようだ。胸からはあばら骨が突き出している。その姿は、まるで支援を求める広告でよく見かけるアフリカの飢えた子どものようだ。やつれた顔と目の下のくまを見ると、脱水症状を起こしているのもわかる。汚物で汚れたオムツを長時間履いていたため、お尻がただれている。トイレで用を足すことができるのに、留守にするときはオムツをつけさせればいいんだ、とグレイスは考えたようだ。そうすればベビーサークルに入れたままにしておける。何日もの間、そのまま放っておくらしい。

それだけでも、十分ひどい。それなのにシャロンには、背中と脚にあざができている。幼児というのは、しじゅうこぶやあざをつくるものだ。だとしても、あざが多すぎる――それに、あざの場所が集中している。治りかけて黄緑色のものもあり、できたばかりで鮮やかな紫色のものもある。それに腕やくるぶしなど体のあちこちに、小さな丸いつるつるしたピンク色の跡があり、別の事情もうかがえた。まだ治りきっていないものをよく見れば、やけどだとすぐわかる。形と大きさからみて、タバコを押し当てられたやけどだ。少なくとも十数か所はある。

お風呂の後、うちの子たちと一緒に夕食を取らせ、それからベッドに入れると、すぐ眠りに落ちた。ドリスと私は階下へ下りた。キッチンで立ち止まり、顔を見合わせる。無言のまま、私は塀で囲まれた裏庭へ出て行った。ドリスもすぐ後について来る。息を深く吸い込みベンチへ向かう。そこには、マリーゴールドの小さな鉢植えを一列に並べて置いてある。しばらく塀を見つめてから、鉢植えをひとつ手に取ると――力任せに塀に向かって投げつけた。何も言わずに私の横にならんだドリスも同じことをした。投げつけながらドリスは大声を上げた。ふたりとも立ったまま、涙を流しながら塀についた土の跡を見つめた。自分は行動派だけれど、暴力派ではないと思う。それでもあの瞬間、もしグレイスがわが家の庭に現れたら、殺してしまったかもしれない。

二日後にグレイスが戻った。私たちが子どもに何をしたのかと、ピリピリしながらやって来た。激しい言い合いになるかもと、私たちは心の準備をしていた。けれども、あちらもばかではない——こちらがすべてお見通しだと理解したようだ。私は、ソーシャル・サービスに通報すると言っただけだ——それにもちろん警察にも——するとグレイスはおとなしくなったのだ。グレイスとドリスを同じ部屋に置いておくのは危険だったけれど、(このふたりを一緒にしても危険ではなくなったのは、それから何年もたってからだ)私なら、グレイスと冷静に話し合うことができた。内容をかいつまんで言うと、シャロンはわが家で預かることにした。でなければ、関係当局に通報すると言ったのだ。交渉の余地はないとグレイスにはっきりと言い渡した。ドリスもこのときばかりは、私に余計な口出しをするなと指図をしなかった。

グレイスは、シャロンを簡単に渡そうとはしなかったけれど、体中のあざややけど跡のことを持ち出すとぎくりとした。すべてをつなぎ合わせると、悲惨な状況が浮かび上がった。グレイスは、シャロンの世話をたびたびベンにさせていた。毎日ベンがみていたようなものだ。週末や放課後はもちろん、そのときどきの気に入った男との長い休暇の間も。関わり合いたくないタミーは、ベンがシャロンの世話を任されたときは、いつも友達の家に行った。ベビーシッターなどまっぴらなベンは、自分なりの方法を編み出した。殴ったりタバコを押しつけたりしたのは、そういうことだった。そう、タバコに火をつけ妹の体に押しつけたのは、十歳の少年だったのだ。でも、タバコを吸ってはいないようだ。娘が虐待され体じゅうがあざだらけだということに、母親が気づいていなかった。自分が産んだ子どもの育児を、恥ずかしげもなく放棄しているという何よりの証拠だ。

それから数か月の間、グレイスはシャロンを取り戻そうと、家庭の状況を改善すると言ってきかなかった。でも私たちには、ばかなことを言っているとしか思えなくて、できないと判断した。月日は流れ、グレイスは次々にボーイフレンドを換え、あまり感心しない遊びに興じていた。そしてとうとう、つまらない男と落ち着くことになり、ベンとタミーを連れてその男とカナダへ引っ越してしまった。シャロンはわが家に残ることになった。

シャロンがうちに来た数日後、例の謎が解けた。シャロンがリビングで子どもたちと一緒にテレビを見ているところに、散らかったごみを片付けようと、私は黒いごみ袋を持って入って行った。するとシャロンは金切り声を上げ、ソファーの後ろに隠れたのだ。どういうやり方をしたのかは不明だが、ベンは、まだ幼い妹が黒いごみ袋を怖がるように仕向けた。袋を使って妹に何かひどいことをしたのかもしれない。それからは、袋を振り回すだけで妹を怖がらせることができた。そうやって妹を震え上がらせ続けていたのだ。

はじめのうちこそ、シャロンが置かれていた想像を絶する状況に心を痛めていたけれど、まだ幼いうちにあの状態から救い出すことができて良かったと、ドリスと私は言い合った。私たちは、シャロンを助けたと思ったのだ。まだ三歳だ。たいしたダメージは受けていない。

けれども問題の根が深いことが、早いうちに現れた。ある日の午後、私はシャロンを公園へ連れて行った。すると、赤ん坊をベビーカーに乗せて知人がやって来た。私は、生まれたばかりの赤ん坊をひとしきりほめ、知人とおしゃべりを始めた。ふと気づくと、シャロンがベビーカーの中の赤ん坊の肩につかみかかり、乱暴に揺さぶっているではないか。

もちろん、すぐにやめさせた――それにしてもぞっとした。ドブネズミを追いかける猟犬のように、シャロンは赤ん坊に跳びかかったのだ。見ている私が恐ろしくなった。それからは、シャロンを赤ん坊に近づけないようにしなくてはならなかった。

幼稚園に入ると、園児たちとの間で問題を起こした。他の子をひっぱたく。かみつく。かんしゃくを起こす。とうとう私は、専門家に助けを求めることにした。

六歳になっていたシャロンをセラピーに連れて行った。医師や看護師、カウンセラーにあらゆる治療を試してもらう。心理療法のトレーニングを受けさせ、攻撃的な衝動を抑え学習障がいを克服するための指導や他人との付き合い方についての教育も受けさせた。効果があると思えるものは、それこそ何でも試した。どんなことをしても助けてやりたかった。かわいそうにこの子は、人生のはじめにひどいことを経験している。できることは何でもしてやりたい。

時がたつうち、しだいに良くなってはきたが、シャロンは私が世話をしたどの子どもとも違っていた。わが家にいたどの子とも、決して仲良くなることはなかった。人を好きになることもないし、信頼もしない――この私でさえも。ティーンエイジャーになると、まるで悪夢だった。強情でうそつきで攻撃的でわがまま。私たちは、彼女のためになると思えることは何でもした。けれどもシャロンはそのたびに私たちを傷つけ失望させた。

二十代になると落ち着き、最悪の時期は終わったように思えた。それでもシャロンは鬱《うつ》状態に悩まされていたし、人との関係をうまく築くことができなかった。ドリスは、この子が置かれていた状況にもっと早く気づくべきだったと自分を責めた。もう少し早くシャロンを救い出していたら、これほどのダメージを受けずに済んだ、そう言うのだ。そうかもしれない。あるいは、どんなに早い時期に気づいても、元の状態に戻すことのできないダメージもあるのかもしれない。

幼い頃に受けた耐えがたい苦痛によってできた心の傷は、癒せないこともあるのだ。

14　ホームヘルパー

ニアリー神父は、わが家の玄関に続く道を何度も行き来していた。初めて訪ねて来てから、もう二〇年以上になる。当時、ニアリー神父は教区司祭だった。今では責任の幅も広範囲に及ぶようになり、ダブリン西部全域の家庭を支援するためソーシャル・サービスと連携して仕事をしていた。もう長い間、司祭はその広範囲の中に、なんとかして私を引き込もうとしているのだ。

その日、うちの玄関のドアを開けたのは八歳の少年だ。ふたりの話し声が聞こえる。

「こんにちは、神父さま」

「こんにちは。リオはいる？」

「いますよ。どうぞお入りください」少年はドアを大きく開けた「ぺろぺろキャンディをいかがですか？　まだありますから。赤いのがいちばんおいしいですよ」

「いいや、結構。ご親切にありがとう」

まだ幼い、その少年は親切だった。自分がキャンディをなめているのに、客に勧めないのは失礼だと思っている。

司祭を連れて、少年がキッチンに入って来た。こんろの上で鍋がぐつぐつ音をたてている。子どもがふたりテーブルについていて、教科書や紙、鉛筆、それにクレヨンがテーブルの上に散らばっている。ふたりはおしゃべりしながら、教科書をめくっている。壁には二枚の九九表が貼られている。キッチンにいくつかある棚の上には、天使や妖精の小さな置物や蝶の形の飾りが置かれている。裏庭でも子どもが何人かボールを蹴って遊んでいるし、犬がわんわん吠えている。司祭は、蜂の巣に入り込んだような気分になったに違いない。

流しの前に立った私は、オーブンで焼くつもりの鶏肉を洗っていた。眼鏡の上から司祭をのぞいた。

「ごきげんいかが、神父さま?」

「元気だよ、リオ、とてもね。きみはどうだい?」

「悪くないですよ。お茶をお飲みになるでしょ? シャロン、やかんを火にかけてくれる? そうそう、いい子ね」

「いいや、長居はしないよ。ちょっとお願いがあってね」

私は洗った鶏肉を持ち上げ、天パンの上に置いた「あら、ダメですよ」にやりとして私は続けた「こんな状態ですもの」

「もちろん、わかってるよ。でもね、協力してもらえないかな」

鶏肉に塩とこしょうをすり込みながら、私はテーブルに目をやった「クリスティーン! 宿題はクレヨンで書いちゃだめでしょ! 鉛筆を使いなさい」司祭へ向き直る「それで、私がお手伝いするって、どんなことです、神父さま?」

「ある家族が、手助けを必要としていてね——私を助けると思って、その家族に手を貸してくれないか。これは正式な依頼なんだよ」

「正式って?」私は鼻を鳴らした「まあ、ともかく」鶏肉の天パンをオーブンに入れ、ついでに中のじゃがいもが焼けているか確認する「これ以上子どもを預かることはできませんよ。見ての通りですから」

「うん、それはわかってる」そこで司祭は一歩脇へ寄らなくてはならなかった。パトリックがキッチンに駆け込んできて衝突しそうになったからだ「母親たちに、手を貸してやって欲しいんだよ」

タオルで手を拭きながら、私は眉をつり上げた「母親たちとは？」

「困っている家族がいくつもあるんだよ。誰かが家を訪問して、家庭を切り盛りするすべを教えてやらなくちゃならん。子どもを何人も育て、洗濯をして宿題をみている母親に、手を貸してやる人間が必要なんだ」キッチン中を片手で示しながら司祭は続けた「うまくできないと、子どもを児童養護施設に連れて行かれることになる母親もいる。そういう家庭を週に二、三回訪問して、家庭内のことがうまくできるように指導してくれる、きみのような人を探しているんだ『訪問ホームヘルパー』と呼んでいるんだがね」

にやりとさせられる名前だ「見てくださいよ、神父さま。自分の家の『ホームヘルプ』だけで手一杯なんですから」

司祭は微笑んだ「リオ、北側の子どもたちを引き受けてくれたときに感じたんだが、きみには人をまとめる才能がある。あのときは、ただでさえ子どもがたくさんいるというのに、北側の子どものためにうまく取り計らってくれたね。大家族を抱えて困り果てている母親がいる。そういう人たちを助けてもらえないだろうか。いま私が関わっているのは、子どもが七人、十人、それに十五人いる家族だ。どの母親も、どうしたらいいかさっぱりわかっていないんだ。食事の準備や家計のやりくり、それに子育ての方法を教えてやってくれないかな」司祭は期待を込めて微笑みかけてくる「めったにない才能だよ――きみにはそれがある」

私は木製のスプーンで窓ガラスをコツコツ叩いて言った「やめなさい！　靴を返してやるのよ！」

それから司祭の方を向いた「そうね、家庭を訪問して経験から学んだことを教えるだけなら、できないことはないけど。正しい方法なのかどうか、わかりませんよ。ただ、私の場合はうまくいっているというだけで。それも、必ずということでもないし」

「まさにそれを教えてやってくれないか。いま面倒をみている家庭が近くにある。明日、ちょっと一緒に行ってみて、どんな感じか見てもらえないかな」

「シャロン、物干しの洋服が乾いたかどうか、見てきてくれない？」司祭の方へ向き直り、眼鏡を少し押し上げる「それじゃあ、ちょっと行ってみて、私にできることがあるか見てみましょうかね。ただね、正式にお手伝いできるかどうかは、お約束できませんから」

「ああ、それで十分だ――ありがたいよ。朝十時に迎えにくるから。いいかい？」

「わかりました」

「それじゃあ、退散するとしよう。恩に着るよ。それじゃあ明日」

「神父さま！」

「なんだい？」

「さっきも言ったとおり、もうこれ以上子どもを預かるのは無理ですからね！」

「わかってるさ。ありがとう、リオ」

翌朝、司祭が迎えに来た。私たちは、一本の木も植えられていない、公営アパートの立ち並ぶ敷地へ運転して行った。訪問した家庭には、両親と七人の子どもがいて、八人目がもうすぐ生まれる。狭いアパートにひしめき合って住んでいた。もっといいアパートを探してやっているところだが、とりあえず今は、このひどい生活状態をなんとかするのが先決だ、と司祭が説明した。

多くの公営アパート同様、そのアパートは長方形の薄汚れた建物だ。あちこちにゴミやがらくたが散乱していて、壊れた自転車が何台か置き去りにされているし、犬の糞もある。私たちは階段を上り、二階に上がった。

「ここだよ」司祭は、何かとまどっている「実は、あらかじめ言っておかなくてはならないことが……」

「言っておかなければならないですって？　もう玄関まで来ているんですよ？」

「すまないが……そう、このうちは少々荒っぽいんだ。だからこそ、きみの助けが必要なんだが」

司祭はドアをノックした。

ドアが開いたが、すぐ目の前にいる女の子が目に入らなかった。家の中から湧き立ってくる、胸がむかむかするようなよどんだ空気に、頭を打ちのめされたようになったのだ。司祭が中に入ると、子どもたちの荒っぽい行為が始まった。小さな手がいくつも伸びて、足や腕にまとわりつく。司祭はにこにこしながら、その手をひとつひとつ握り返している。まとわりついている四人の子どもが、いっせいに声を上げている「お菓子ちょうだい！　どこにあるの？」

司祭は立ち止まり、コートのポケットに手を入れた「そうだな、ここにあるかな」動きを止め、困った顔つきをしてみせる「おや、忘れてきたんでなければいいが」

不平不満の声が次々に上がった。

五歳くらいの幼い男の子が甲高い声を上げた「忘れたなんて言わせないぞ、このろくでなしめ」

息が止まりそうになった「こら、そんな言葉、使うんじゃないの！」私は、怒ったお母さんという目つきで、眼鏡の奥から男の子をにらみつけた。すると、その子は私の向こうずねを蹴ったのだ「このぉ！」しゃがみ込んですねをさする。

私に向かってあっかんべをすると、その子は弟を突き飛ばして司祭の腕にしがみついた「ねえ、お菓子ちょうだいよ」

玄関のドアを閉められるよう、司祭は一歩中へ入った「わかった、わかった。冗談だよ。さあ、お菓子をあげるよ」そう言って、ポケットから片手いっぱいの菓子を取り出すと、子どもたちの前に差し出した。とたんにすさまじい奪い合いが起こる。野生動物の番組で見たハイエナそっくりだ。

子どもたちがお菓子に夢中になっている間、私は部屋の中を見回した。狭苦しい部屋の中に、正体不明のがらくたがあちこちに積み重ねられ、ますます狭苦しくなっていて（部屋の隅には、解体した車のエンジンの部品まである）、薄汚れた洋服や毛布が重なっている。しわくちゃで湿った新聞紙が散乱していて、部屋のいちばん奥の隅に、どうやらキッチンらしき場所がある。そこにあるテーブルとイスの上には、洗っていない皿やナイフとフォークが散らばっているし、食べ物がこびりついた鍋やら調理器具、それにしわになった紙袋や包装紙がある。ハエが数匹ものうげに飛びまわり、こぼれた油やパンくずでいっぱいのテーブルの上にも何匹か悠々と動き回っている。

へこんだソファーの隣には、段ボール箱が積み重ねられ、見るに堪えないほどぼろぼろの薄汚い枕がいくつか、いい加減な半円形に並べられている。その向こうに赤毛のカールが見える。近づいてみると、一歳半くらいの女の子が、この適当に作った囲いの中にいた。その子は、汚い上にサイズが小さすぎるTシャツを着て、他には何も身に着けていない。女の子の下には、床を覆うように新聞紙が敷いてある。新聞紙は湿ってところどころちぎれていて、緑がかった茶色いヌルヌルするものがついている。横向きに寝ていた女の子が私を見た。呼吸をするのがつらい様子で、ひと息ごとに小さな胸が震え、ぜいぜいあえぐような音をたてている。近づいて行く私を、女の子の目が追う。

司祭が後ろに来た「その子が、いちばん下のリリー。生まれたときから肺が悪くてね。もうすぐまたひとり生まれることは、もう話したっけね」

「母親はどこにいるんです？」叫び声を上げないように、あごをしっかり閉めていなければならなかった。両手がぶるぶる震え、いっそ母親が家にいなければいいと思う――六十センチ以内に近づいてきたら、頭を引きちぎってしまいそうだ。

ドアを開けて入ってきた女の子に、司祭が声をかけた「お母さんを呼んで来てくれないかな？」

女の子は額にしわを寄せ、髪を耳にかけた。弟や妹は、床に落ちたかもしれないお菓子をさがして躍起になっている「母さんは寝ているの。寝ているときに起こされたくないって」

「起こしてもいいのよ」私は無理に笑顔を作った。まるでセメントの中を泳ぐみたいに大変だ「お母さんも神父さまに会いたいでしょうから、ね？」

確信が持てない顔をしたが、その子は奥の部屋へと走り、ドアをノックすると中へ消えた。

司祭が私の方を向いた「目を覚まして出てくるまで、少々時間がかかるかもしれないよ」

「じゃあその間に、家の中をちょっと見させていただきますよ？　何が必要なのか、考えながらね」

赤ん坊用のオムツがないことにはすでに気づいていた――だから床のあちこちに新聞紙が散乱しているのだ。正面の部屋の左にあるドアの向こうをのぞくと、ユニットバスがあった――蛇口からはお湯が出ない。悪臭から予想はついたが、隅々までチェックしようと便座のふたを上げてみる。固形物が詰まってあふれていて、悪魔も咳き込みそうな強烈な臭いがする。吐き気をもよおしてすぐにふたから手を離し、手洗い場の蛇口をひねって冷たい水に手をさらす。石鹸はどこだろう。タオルは。新聞紙があちこちにあるだけだ。それに汚れた洋服。汚い皿まである。

キッチンでは、戸棚の中をのぞいて食べ物を探した。シリアルの箱の底に残りかすが少々あるだけだ。汚いプラスチックのコップが数個にティーバッグがひと箱。それにウォッカの小瓶が数本。戸棚の中のいたるところに、硬くなった黒い塊がある。おそらく、ハツカネズミの糞だ。

部屋の隅には、斜めに無理やり押し込まれたように、小型冷蔵庫が置いてある。扉を開けると、生暖かくじめじめしてかび臭い空気がもわっと出てきた。私のすねを蹴った男の子が後ろで言った「壊れてるよ」

「そのようね」

「牛乳とバターは流しに置いとくんだ。冷たい水をかけてね、ほら」

男の子は流しへ近づき四分の一ほど中身が入った牛乳瓶を持ち上げた。

小さな手からその小瓶を受け取ると、生ぬるい。流し台の中をのぞくと、プラスチック製の小さなマーガリンの容器が水にぷかぷか浮いている。

「いい考えね――見せてくれてありがとう。キッチンにあるもの、もう少し見てもいいかな?」

男の子は肩をすくめ鼻をほじり始めた。そのままで私のすることをじっと見ている。

山のように重ねられた皿や鍋に目を走らせ、流しの下の戸棚を開けた。ここにはゴミを入れているらしい。プラスチック製のごみ箱があり、中は、生ごみ、汚れた新聞紙、食べ物の包装紙、空き缶などが詰め込まれている。それに、うじ虫もうごめいている。

扉をバタンと閉めた。

体を起こすと、流し台にもたれて目を閉じ唇をぎゅっと結んで、子どもたちに気づかれないように、のどの奥からこみ上げて来る胃液をこらえる。

足音がして、後ろで話し声が聞こえた。いったいどんな人間だろう、そう思いながら振り向いた――どんな顔の悪魔が、この家を取り仕切っているのか。きっと、ぼろぼろの歯をしたアルコール漬けの凶暴な大女だろう。いや、厳しく辛辣で短気ながみがみ女かもしれない。いずれにしても家族をこんな状態にしておくなんて、人間味のかけらもない腐ったやつに違いない。

振り返ると、司祭の隣に小柄でか弱い感じの女がいた。骨格は小鳥のようにか細くて、動きも繊細な感じだ。かつてはブロンドだったろう髪は、今ではくすんで灰色がかっていて、頭の後ろに輪ゴムで無造作に結わえられている。妊娠中の膨らんだお腹はきゃしゃな体にまったく不釣り合いで、グロテスクな腫瘍のように外見を損なっている。顔はまだ若く三十代後半のようだが、目には年齢とは無関係な老いが宿っている。ためらいがちな様子だ。子どもたちがまとわりついてくると、片手でしっしっと追い払う「飛びつかないで！　リリーを見てるの、誰？」驚くほど強く荒々しい声は、ほっそりとか弱い体つきには、まったくそぐわない。

子どもたちがいっせいに何やら名前を口にすると、いちばん上の子が、リリーのベビーサークルになっている、枕の囲いに向かってダッシュした。囲いはリリーのベッドでもあるようだ。

「リオ、この人が子どもたちの母親のマディだよ」

私は片手を差し出した「はじめまして」

マディはにこりともしない。けれども、つっけんどんでも敵意を見せているのでもない。何も感じないようなのだ。

「じゃ、どうぞおかけください」そう言うと、マディは窓からいちばん離れたイスに腰を下ろした。司祭とマディが、いろいろ話し合っている間、私は黙っていた。子どもたちに目をやったりマディを観察しながらふたりの話を聞き、なぜこんな状態になってしまったのか理解しようとしていた。

父親は健在だが、ほとんど家にいない。稼ぎになりそうな仕事、例えばエンジン修理などをとりあえずやってみるのだけれど、しらふのことがあまりないし、何ごともうまくいくまで続けることができない。失業手当は瞬く間に消えてなくなり、家族は常に物に不自由していた。お金がどこへ消えていくのか、マディにはわからない。ほとんど見たことがないからだ。酒を飲むのに加え、ばくちをしているのではないかと思うが、夫に問いただすつもりは毛頭ない。子どもたちの食費を要求するだけで、すべてのエネルギーを使い果たしてしまうからだ。

母親が妊娠中で体調がすぐれないため、子どもたちは学校へ行かないこともある——朝、母親が起きることができないのだ。下のふたり、リリーと三歳の男の子は、トイレで用を足すことを教えられていない。トイレがちゃんと流れることはめったにないし、マディには、新聞紙を置いたままにしなくてもいいように子どもたちをしつけるスタミナも集中力もない。食事の時間はいい加減で、食べさせないこともある。買い物の計画など立つはずがない。

この家では、あらゆることが投げやりだった。周囲の状況もこれから進んでゆく道も、何ごとも思い通りにはならないと、マディはすっかり希望を捨てている。父親もすべてを放棄して、まったく捨て鉢になっている——人生の目的も定まらず、やり場のない怒りに駆られ、酒におぼれてふらふらしているのだ。被害を被っているのは子どもたちで、親の愛情にも食べ物にも飢えた状態でどうにか生きている。

ばかばかしい。こんなところに買い物リストの作り方や洗濯当番の決め方、宿題の管理方法を持ってやって来ても、この家族の暮らしが良くなるはずがない。こんなに途方に暮れたのは初めてだ。生まれて初めて、自分の無力さを思い知った。

訪問を終えた司祭と私は、家族に別れを告げた。きょうだいの数人は、出かけてしまっていた。残った子どもたちは、帰ろうとする司祭にしがみついて離れない。お菓子をちょうだいとねだり、近所を車でドライブしてとせがみ、お店に連れて行ってと頼み、お願い、お願い、お願い、だ。マディはにこりともせず、無表情。ずっと同じイスに腰掛けたまま、ぎゅっと握った片手を突き出たお腹にあてていた。

外に出ると新鮮な空気が顔に当たった。あの家のむっとするような空気を吹き飛ばしてくれる心地よい冷たさに身震いした。立ち去るのはやるせなかった。あの状態のまま、どうして帰ることができよう。そして考えた。自分に、また戻って来る覚悟はあるだろうか。

私たちは無言で階段を下りた。なかほどで胃のむかむかがひどくなった。あの家にいた、数時間にも感じられた長い時間ずっと続いていた、しつこい吐き気にとうとう耐えられなくなり、よろめいて手すりにつかまる。後ろによろめいた私の肩を司祭が優しく叩いた「そうだ、本当にそうだよ」と司祭はつぶやいた「本当につらくて心が張り裂けそうだ……私も同じだよ」

私はポケットからティッシュペーパーを取り出して口に当てた。涙が頬を流れていく「ひどすぎる。なんなのよ、あれ！」眼鏡の上から目をのぞかせて司祭をじろりと見た「言葉が悪くてすみません。

神父さま、どうして私をこんなことに引き込んだんです？」

司祭は疲れた笑みをもらした「自分でもわからないよ、リオ。やり始めたばかりだからね。いろいろ試しながら、どうしたらいいか考えようじゃないか」

私たちは階段を下りた。わが家まではそう遠くない。車内で私は、いつになく無口だった。司祭は私を話に引き込もうとし――マディのような家族を支援する計画を説明していた。ホームヘルパーは、教会や慈善団体よりずっと手を貸してくれるからと、マディに話してあるとのことだった。でも私は、とてもおしゃべりする気にはなれなかった。

わが家の前に到着しても、私はしばらく座席に坐ったままでいた「これからどうするんですか、神父さま？」

「それじゃあ、手を貸してくれるんだね？　ありがたいよ」

「この世の中に、やりたくないことなんてありませんから。私が、ああいうのを放っておけない人間だって、おわかりでしょ。それで、どうしたらいいんです？」

「明日、一緒に行ってくれないかな？　きみともうひとりのホームヘルパーで、まず家の掃除の仕方を教えることから始めてもらいたい。私はソーシャルワーカーと打ち合わせがあるから」

「わかりました。やってみます」車のドアを開け、外へ出る。ドアを閉める前に、司祭を振り返って付け加える「でもね、うちにはもう子どもは連れてきませんよ。わかります？　それから、ソーシャルワーカーやらそのたぐいの人に、私のやることに口出しされたくありませんからね」

司祭はうなずいた「わかっているとも。手を貸してくれるだけで、十分ありがたいと思っている」

「じゃあ、よろしく」私はドアを閉めた。

それから数週間、ヘレンという名のもうひとりのホームヘルパーと、マディのアパートへ何度も通った。何時間もかけてごみを拾ってより分け、子どもたちにほうきの使い方、はたきやモップのかけ方を手ほどきし、床やトイレの汚れをこすり落とす方法や、流し台や皿をきれいにする方法を教えた。洗濯の仕方も教えなくてはならない。買い物リストの作り方もだ。子どもたちを朝起こして学校へ送り出すスケジュールも組んだ。

そうしている間も、マディはずっと冷めた様子でまったく関心を示さなかった。父親は、ほとんど姿を現さない——たまに急に現われては、やたらとわめき散らしたけれど。

リリー用に中古のベビーサークルを持ってきた。マディと一緒にリリーをお風呂に入れたり、リリーと遊んだりした。生まれつき肺に障害があるリリーは治療を受ける必要があった。ソーシャルワーカーと看護師がその手はずを整えてくれた。私はマディに、薬の飲ませ方と呼吸法のやり方を教えるのを手伝った。それでも、マディに、やろうという気持ちを起こさせることはできなかった。まったく関心を示すことなく、自分には関係ないと思っているようだ。

一方、この家庭訪問で私がただ一つ成し遂げたと感じたことは、リリーと関係を築いたことだ。はじめこそ、怯えておとなしかったが、何日かたつうちにしだいに快活になり、楽しんで遊ぶようになった。言葉はふたことみことしか言えないけれど、もっと覚えることができるとすぐにわかった。時間が必要なのだ。体力を回復し、元気になるための時間が。けれども、薬をきちんと与えて呼吸法を練習させなければ長くはもたないかもしれないと看護師に警告されていた。幼い娘の生き残りをかけた闘いに、マディは手を貸すこともできないし、その気もないようだ。そこでこの子の手助けはすべて私がすることになり、私は心身ともに疲弊した。

ヘレンと私が家に到着すると、マディはたいていベッドの中にいる。それに、私たちが家の中を整理整頓しても、子どもたちか父親がまた元の状態に戻してしまう。子どもたちは、私たちが帰るとたちまち元の混乱状態に戻ってしまうし、飲んだくれの父親はけんか腰で、司祭もホームヘルパーも追い出してやると思っているようだった。

週に一度、妊娠したマディの様子を見に、看護師がやって来る。マディは、ビタミン剤を飲む必要があるし、あまり横にならない方がいいと指導されている。それなのに、真っ暗な部屋でかび臭い毛布にくるまって、自分だけの世界にますます入り込んでしまっている。まるでベッドの中だけで生きていたいと思っているみたいに。食べ物も口にせず、子どもたちと遊ぶなど問題外で、子どもがそばに来るのにも耐えられない様子だ。私たちは途方に暮れた。

ある朝早く、わが家の玄関のベルが鳴った。私はもう起きていて、部屋着にスリッパという姿で、うちの子たちのお弁当用のサンドイッチを作るため、戸棚からパンとハムを取り出そうとしているところだった。ゴミを収集に来てくれたのかなと思いドアを開けると、ニアリー神父だ。暗い顔つきで、口の周りのしわがいつもより深い「ひゃあ、たまげた。脅かさないでくださいよ、神父さま。あら、下品な言い方でごめんなさい。どうぞお入りになって」

中へ入ると、司祭は立ち止まった「リオ、一緒にマディのところへ行ってもらえないかな？　子どもたちの面倒をみてやる人が必要でね」

「ええ、いいですよ。何かあったんですか？」

「赤ん坊だよ」

「うへぇ。また下品になっちゃった。ごめんなさい、神父さま。生まれるにはまだ早いんじゃないですか！」

司祭が答える前に、私はコートを羽織り、二階に向かって叫んだ「シャロン！　ちょっと下りてきてくれる。手伝ってもらいたいの」司祭の方へ向き直って言った「いまハンドバッグを取って来ますから……どうしよう、なんの準備もしていないのに。マディは病院なんですね？」

「そうだ……残念ながら、具合は良くない」

司祭から良くない知らせを告げられたことは、以前にもある。司祭は、そこで言葉を切った。

「え！　何かあったんですか？」

二階の足音を聞き、急いで話す必要があると司祭は思ったようだ「マディは昨日の晩、あの嵐の中を出かけてね――今朝になって、高熱を出した状態で見つかった。流産した」

その日は雨が降るべき日だった。私には、天国も土砂降りになっているはずに思えた。それが、赤ん坊の死を悼むためか、あるいは清めるためかはわからない。せめてどんよりとした灰色の曇り空であって欲しかった。天国にただよう喪失感は、暗くうっとおしく、よそよそしくあるべきだから。それなのに、真冬の空は真っ青で、太陽が陽気に輝いている。私は悲嘆にくれた。

司祭の車がマディのアパートに向かって人の多い通りを走ってゆく。人々が動く姿が、明るくカラフルな色にかすんで見え、私は目をしばたたいた。みんないつも通りのことをしている。ああせめて、と考える。日常に戻ることができたらいいのに。

アパートには、ソーシャルワーカーと看護師がすでに到着していた。子どもたちは居間にいて、妙におとなしい。奥の寝室で話し声がする。内容はわからないが、マディの夫がいつものようにわめき立てていて、その合間にもうひとりのソーシャルワーカーの穏やかな声が聞こえる。酔っぱらってすべてを拒絶する父親に、何やら言い聞かせているようだ。それに、酒におぼれるのもやめるように言い聞かせているのだろう。

すぐに、司祭と、書類を手にした最初のソーシャルワーカーが、言い争いの現場に向かった。私は子どもたちのところへ行った。下のふたりが立ち上がり、ぎゅうぎゅうづめのソファーに場所を空けてくれる。腰かけると膝の上に乗って来た。ああ、いつも通りだ。

しばらく目を閉じてから、笑顔を作って言った「それで、朝ごはんは済んだの？　何か食べたい子はいる？」

子どもたちは、口ぐちにつぶやいたり、うなずいたりしている。

私は、混み合った床の上を見回した「リリーはどこ？」

「看護師さんが連れて行ったよ。またぜいぜいが始まって。お菓子ちょうだい？」

すぐ脇の子の髪をくしゃくしゃになで回して私は言った「さあて持って来てたかな。バッグの中を探してみようね？」

家の中はごったがえしていた。

ソーシャルワーカーと司祭は書類に書き込みをしている。警察官がやって来てすぐにいなくなった。看護師が出たり入ったりしている。父親が寝室から出て来ると、書類にサインするのを拒み、わあわあ騒ぎ立てたので、みんな気が沈んだ。いったんどこかへいなくなり、しばらくして戻って来た――ビールをあおったおかげで、少しはおとなしくなっている。とうとう言われた通りにしたけれど、不機嫌な態度をあくまで崩さない。怒鳴りながらドアを乱暴に閉めて出て行った。子どもたちの方をちらっと見ることもなく。

子どもたちをトイレに連れていったり、コップに水を入れて持って来てやったり、お茶を飲ませたり、失くした靴の片方を捜したり、私も家の中を行ったり来たりした。それでも、ここで起こっているごたごたに比べたら、子どもたちも私も動いていないも同然だった。

とうとうそのときが来た。覚悟をしておくようにと司祭から言われていたけれどできるものではなく、なるようにしかならない。これからは里親の元で住むのだということを、司祭は子どもたちに説明した。三人がひとつの家庭に、残りの三人がもうひとつの家庭に行くことになっている。

はじめのうち子どもたちは、司祭からわけのわからない言葉を聞いているかのように、きょとんとして見つめていた。里親というのが理解できないのだ。

「しばらくの間、みんな別の家族と一緒に住むことになるのよ」と私。明るい話題に聞こえるといいけれど。無理に明るく言ったのだから。

まず、長女が冷静に言った「でも、どうして？　なんで母さんと一緒にうちにいてはいけないの？」

「お母さんは入院したのよ。良くなって家に戻ってくるまでの、ほんの少しの間だから」

「ばか言え！」と言ったのは、五歳の男の子だ「おれはどこにも行かないぞ」

司祭は身をかがめ、下の子たちの目をじっと見つめて言った「ちょっと心配かもしれないね――でも、食べ物もたくさんあるし、ベッドやなんかも全部揃っている家なんだよ」

それまで経験したことのない、まったく新しいことをすると聞かされて、子どもたちはぽかんとして司祭を見ている。女の子がヒクッとしゃっくりをした。

「それに、いつでもリオおばさんのうちに遊びに来てね」言ってしまってから後悔した。でも私は、確かにそう言っていた。

その言葉に年かさの何人かは少し微笑んだ。下の子たちはどう反応していいかわからないようだ。必要なものを用意して、各々のコートと帽子を捜し出してくると、とりあえず秩序が整い、ソーシャルワーカーが里親の元へ連れて行く準備ができた。

私はひとりずつぎゅっと抱きしめ、お菓子を渡して別れを告げた。涙を見せてはいけない。

そして、みんな行ってしまった。一家の子どもたちが、まるでいくつものパンの塊みたいに簡単にあちこちに散っていった。でもそれは、六人だけだ。

「リリーはどこ?」

こんなに疲れ切った顔の司祭は初めてだ「寝室だよ。看護師と一緒だ」

「どうして他のきょうだいと一緒に預かってもらわないんです?」

司祭が腰を下ろす。少し震えている「里親の元へ行かせることはできないんだよ、リオ。あんな重い病気の子どもを引き受けてくれる里親はいないからね。リリーは施設に行くことになる」

私はほっとした。怒りの矛先を向ける相手がようやく見つかったのだ。激しい怒りが、急にこみ上げてくる「あの子を施設に入れるですって? そうでなくとも、ひどい目にあってきたんですよ。施設になんて、行かせるもんですか。私の目の黒いあいだは、絶対にね!」

司祭に対して使う言葉ではなかったが、もうどうでもよかった。いつもなら、無謀なドライバーや堕落した政治家に対して使う暴言が、寝室へ急ぐ私の口から次々に飛び出した。リリーは看護師に、横向きに寝かせられていた。痛ましいくらいじっとしていて、かすかに立てるぜいぜいという音に伴って胸が動く。看護師はリリーの薬を整理しているところだった——必要なものを詰め込んだ小さな鞄と着替えが数着、それにぼろぼろのお気に入りの枕も置いてある。

私が入って行くと、リリーは少し頭を上げて微笑み、片手を伸ばしてきた。私は上体をかがめ、リリーを抱きかかえた。優しく、でもしっかりと。

看護師は私を見たけれど、無言のままだ。すぐに司祭が部屋に入って来た「リオ、わかるだろう。こうするのがいちばんいいんだよ。この子がどれほど助けを必要としているか、よくわかっているはずだ」

「ようやく話がわかってきたようですね！　この子にはね、施設なんかよりずっとゆきとどいた世話をしてやらなくちゃいけないんです。薬や治療以上のことをしてやる必要があるのよ。おわかりでしょ——そう、献身的な世話ですよ。愛情のこもった献身的な世話が必要なんです」

私の顔は涙にぬれ、眼鏡がずり落ちそうになっていた。ずっとこらえていたのだ——永遠とも思える長い間ずっと。涙が後から後から流れ出てくる。

司祭が隣に来た「リオ、この子はきちんと世話をしてくれる里親の家庭へ行くか、施設へ入るかのどちらかだ。他に選択肢はない」

私は司祭をにらみつけた——といっても、涙でぐしゃぐしゃの顔で鼻をすすっていたから、ぜんぜん迫力はなかっただろう。

看護師が近づいてきて両手を伸ばし、リリーを引き取ろうとした。

ぎゅっと抱きしめると、リリーの胸がぜいぜいと振動するのが伝わってくる。顔をのぞくと、蒼ざめた唇の小さな口がかすかに微笑んだ。いちずでひたむきな茶色い瞳が、瞬きもせず私を見つめ返す。

「じゃあその書類を寄こして。サインするから」看護師の方を向き、眼鏡越しに最大級のにらみをきかせる「それから、その鞄も」

リリーを肩の上に抱き上げ、優しく背中をたたいた「この子は、うちへ連れて行きますから」

15　シスターの施設

そんなわけで、九〇年代はじめ、私は正式に里親として登録した。そして、保健省のホームヘルパーとして活動するよう引っ張り込まれた。それまで長い間自宅で子どもたちを預かってきたのに、リリーが正式な意味での里子第一号になり、奇妙な感じがした。

里親制度で預かる子どもの全員が、長期間世話をしてくれる家庭を必要としているわけではない。一時的な家庭の事情で、数週間だけ滞在場所が必要なこともある——母親が入院したり、父親が留置所に入れられたり、そんな場合だ。問題が解決したら自宅へ帰る。あるいはまた、里親が息抜きをしたくなることもある。一時的に里子を預かって欲しいと、別の里親に頼んでくる。私はそういう短期的な預かりを何度も引き受けていた。だから二週間ほど七歳のトレバーを預かって欲しいと頼まれると、お安いご用と引き受けた。

トレバーについては、ソーシャルワーカーにあらかじめ警告されていた。実の親からほとんど面倒をみてもらっていない。長い間放っておかれ、二歳半で母親の元から保護されたときは栄養失調だった。その後、複数の里親の元を転々とし、修道院が運営する、男児を収容する施設に入れられ、そこで六歳まで過ごした。

その後ふたたび、里親家庭に入ったのだが、里親たちが懸命に努力して心地の良い環境を整えても、トレバーを持て余すようになった。幼少期にひどい扱いを受けたことを考えれば当然かもしれないが、行動様式にいろいろ問題があったのだ。トイレで用を足すことができないのもそのひとつだ。最初の家庭を出されたあと、あちこちたらいまわしにされた。どの家庭も、数か月以上トレバーを預かることはできないようだった。当時世話をしていた里親も、トレバーを扱いにくい子どもとし、二週間ほど息抜きをさせて欲しいと言ってきたのだ。

その頃わが家は子どもでいっぱいで、長期間引き受ける余裕はなかった。リリーにシャロン、里子として預かっている四歳の双子の女の子（ケイティとジュリエット）、それに短期間預かっている子どもが他に数人。でも、ほんの少し息抜きをする間、あとひとり預かって欲しいって？　もちろん引き受けた。

そして十月のある日、二週間の予定でトレバーはわが家にやって来た。うちの生活に早くなじんでもらおうと、みんなで努力した。ご多分にもれず、トレバーは学校に行きたがらなかったので、毎朝騒ぎが起こった。断っておくが、トレバーの場合、騒ぎというのは本当にすさまじい。でもその頃は私もすでに、虐待された子どもがどんな行動をとるか、わかるようになっていた。だから、トレバーが何をしても驚くことはないと思っていた。

はじめのうちは結構うまくいっていた。トレバーはかたくなで打ち解けなかったけれど、それは予想していたことだ。それまでの短い人生で、かわいそうに、この子はつらい経験をしてきたのだもの。だけどこの子のかんしゃくは度が過ぎた。本当にすさまじいのだ！　こんなにすぐかっとなり怒り狂う子どもは見たことがない。ドリスには、どれほど愚痴を聞いてもらったことか！　トレバーは予想もつかないことで怒り出すのだ。頭に血が上ると、中途半端にではなく完全に怒りを爆発させる。

蹴るわ叫ぶわ物は投げるわ、そばにいる人間に殴りかかるわ、物をずたずたにするわ。イスや電灯が破壊され、お皿はこっぱみじん。そばにいるとひっかかれ、かみつかれ、蹴っ飛ばされ、何度もぶたれる。年かさの子どもたちでさえ、トレバーを恐れるようになった。それに面倒なのは、トレバーが何に腹を立てるのか誰にも見当がつかないということだ――まったく規則性がないのだ。食卓で他の子のひじがぶつかったり、置いてある自分の鞄を誰かがちょっと動かしただけで猛烈に怒り出す。あるいはまた、夕飯どき、他の子のお皿に自分よりたくさんチキンが盛られているという理由で腹を立てる。何が原因でかっとなるかわからないから、怒らせないようにしようと思っても無理なのだ。

あるとき強烈なかんしゃくを爆発させたトレバーは、ディナー用のお皿の半分を割り、食卓のイスを二つ壊した。反省させようと、私はトレバーを自室に閉じ込めた。その晩遅く、ようやく眠った頃こっそり部屋へ行き、思わず額の髪をなであげて確認したものだ。「六六六」という悪魔の刻印が刻まれていないかと。早く二週間が終わって欲しかった。

そして約束の二週間が過ぎたけれど、里親からは何の連絡もない。ソーシャルワーカーに電話をかけて事情を尋ねた。

里親はいまだに疲労を回復しているところだから、あと一、二週間預かってもらえるかですって？わかりましたと答えたものの、浄めの聖水を用意したほうがいいかもしれない。

ある日浴室を掃除していると、汚れたパンツがビニール袋に入れられて、ごみ箱に捨ててあった。サイズから察すると、トレバーのものだ。

その日、トレバーが学校から帰ると、部屋の隅へ連れて行きビニール袋を見せた「トレバー、どうしてパンツを捨てたの？」

そう聞くと、まだ幼いこの少年は恐怖におののく表情を見せた。胸が張り裂けそうになる。怒り狂ってわめき散らすことのあるこの子を、見捨てずに救ってやらなくてはならない、そう思ったのは、そのときだ。ぞっとすることも多いけれど、この子自身が異常に怖がることもあるとわかったからだ。でも、かんしゃくを起こす原因がわからないように、この子を怯えさせる原因もわからない。下着を汚すのを極度に恐れることはわかった。でも私は、それでこの子を脅すつもりなどまったくないのだ。トレバーの目には涙があふれ、体はぶるぶる震え出した。何やら口走っているけれど、内容はわからない。

肩に手を置いて言った「いいのよ、大丈夫。怒っていないから」

信じられないという表情で、トレバーは私を見た。ぶたれるだろうと予期して、体を硬直させていたのだ。

「トレバー、おもらしは誰にでもあることよ。ちっとも構わないわ」

それでもまだ信じられないという顔でこちらを見つめ、しゃくりあげないよう肩を震わせている。

「あのね」私はトレバーの手を取って、洗濯機のある場所へ連れて行った「洗濯機の脇にバケツを置いておくから。もらしてしまったら、下着をここに持ってきて、流しでこうやって洗うの」

私は、ビニール袋からパンツを取り出して水道の水で洗い流して見せた。それからバケツに入れ、水を少し入れて浸した。

トレバーは、泣くまいとしながら黙って見ている。

「ね？　このバケツを使いなさい。こうすれば」秘密を打ち明けるみたいに、トレバーに身を寄せて続ける「パンツを捨てなくて済むから。もったいないでしょ」

少し考えてから、トレバーは納得したようにうなずいた。

「それじゃあ、はい、これがあなたのバケツ。それからね、トレバー……」

ひっぱたかれると思い、私を見上げたのだろう。でも私が言ったのは「このことは、誰にも言わなくていいから」

真剣な顔で私を見つめると、またうなずいた。トレバーがこんな顔をするなんて、笑顔を見せたも同然だ。

この子は、おもらししてしまったことを厳しく叱られ罰を受けて、恥ずかしいことだと肝に銘ずるようしつけられたのだ。もらしたことを私に打ち明けず、隠そうとした。でもうちでは、そんなことでは叱られないと、もうわかっただろう。それ以降、トレバーの心の傷は癒え態度も良くなった。めでたしめでたし、とみなさんは思うだろうか？

そんなはずはない。

相変わらずかんしゃくはひどいし、今度は、物がなくなると他の子が不平を言うようになってきた。袋入りのポテトチップ、サンドイッチ、お菓子に果物――テーブルの上や冷蔵庫、お弁当箱の中から、あらゆるものが消えた。私は、子どもたちの思い過ごしではないかと思っていた。ところがある日、男子部屋の大掃除をしていたときのこと。トレバーのベッドの下や向こう側、たんすの引き出しから、食べ物の包み紙やら干からびた食べ残し、みかんの皮、それに、まだ開封していない食べ物が、どっさり出てきた。かつてシャロンが幼い頃、これほどではなかったけれど同じようなことをした。だから、食べ物を十分に与えられず栄養失調になる子どもに典型的な行動だと、経験でわかっていた。きれいに片付けたけれど、トレバーには何も言わなかった。だって「腹ペコで死にそうになったことがあるのはわかるけど、もう食べ物の心配はしなくていいのよ」なんて、言えるわけがない。この行為をやめさせるいちばんの方法は、いつでもお腹いっぱい食べられると思わせることだ。それには時間がかかるだろう。ひょっとしたら、自分の部屋で食べようと持って行って叱られ、それが原因で食べ物を盗んで隠しておくようになったのかもしれないのだ。

この子のとんでもない行いは、性格だけが原因ではないかもしれないと、ふと思った。母親から引き離されて不安な環境で、何かひどいことをされたのかもしれないのだ。

それからまた数週間が過ぎ、里親がトレバーをクリスマスと年末年始のあいだ預かって欲しいと言ってきたとき、この推測は半ば間違っていないのだと悟った。里親がトレバーを見放したのは明らかだ。もうしばらくは預かるけれど、年を越えたら新しい家庭を見つけてもらいたい、ソーシャルワーカーにそう話した。

その間も、トレバーのめちゃくちゃな行動を改めさせようと骨を折っていた。あるときトレバーは、浴室に他の子を閉じ込めて出さなかった。またあるときは、その子を庭に追い出して家に入れなかった。別の子を差し掛け屋根に上らせて「跳べ！　跳び降りろよ！」とけしかけたこともある。三メートル以上の高さから跳び降りるなんて、かっこいいことではないと私が説明しても納得しない。

ある晩夕食に芽キャベツを出したことが、事の次第が見えてくるきっかけになった。トレバーは芽キャベツを平らげたが、ある女の子が食べたくないと言い出した。その子が皿に芽キャベツを残したまま夕食の後片付けが始まると、トレバーがヒステリックに叫び始めた「なんで芽キャベツを食べないんだよ！　絶対食べなくちゃいけないんだぞ！」

はじめのうち、誰もが愉快に思った――私も、この子が冗談を言うなんてはじめてだわ、と思ったくらいだ。

ところがトレバーはその子の片腕をきつくつかんで怒鳴ったのだ「なんて悪い子なんだ！　おまえは！　食べなさい、今すぐ！」

かんしゃくが爆発しないうちに、ここでやめさせなくては、と私はあせった。トレバーの肩に手を置いて話しかける「トレバー、いいのよ——ジュリエットが食べたくないのならそれでいいの。うちでは、食べたくないものは食べなくていいんだから」

そう聞いてトレバーは、今度は不安になって言葉が出てこないようだ。けれども、本当に私が怒っていないことがわかり、誰もとばっちりを受けることなく食べ残しが片づけられるとようやく落ち着いた。もちろん、しばらく時間はかかったけれど。この行動は、明らかに精神的トラウマが原因だ。どうしてこんな風になったのだろう。

ソーシャルワーカーから、トレバーが住んでいた施設で働いているケイラという人物のことを教えてもらった。トレバーはその人になついていたというのだ。友人と呼べるのは彼女くらいのようだ。私は、その人に話を聞くことにした。

翌日トレバーを学校へ送ったあと、その施設へ行ってケイラを見つけ、話を聞くことができた。

ケイラはその施設に勤めて数年になる働き者だ。仕事をさせてもらうことをありがたく思っていて、大の子ども好きだけれど、シスターたちの子どもの扱いには納得できないという「あの人たち、トレバーにはつらくあたっていましたからね」

「そうなんですか？」むかっとする気持ちを抑える「たとえば、どういう風に？」

「子どもたちには絶対的な服従を求めていましたからね——かっとなると、トレバーがどんな風かご存知でしょ」

「あのかんしゃくは、歓迎されないでしょうね」

「それに、おもらしもね。もう少年という年頃なのにおもらしするなんて、シスターたちには耐えられないんです」

ケイラは辺りを見回した。子どもたちに劣らず、シスターたちを恐れているのだ。そして、声をひそめてこう言った「あの子を助けてやりたくて、シスターたちに内緒で何度も後始末をしてやったんですよ」

「それは、ありがたいことです」

ケイラは頭を横に振った「でもね、いつもしてやれたわけではないから。それに、もうひとつ問題がありましてね」

「どんなことです?」

「昼食に出されたものを食べ残すと、厳しく叱られるんですよ。こっぴどく叱られる子もいて――芽キャベツが出されたときは、特にね」ケイラはもう一度周りを見回してから付け加えた「芽キャベツが嫌いな子って多いでしょ。私もあまり好きじゃありませんけどね。食べ残すなんて許されないんですよ」

「もし食べ残したら、どうなります?」

ケイラは悲しげな顔つきをした「シスター・ビアニーのオフィスへ無理やり連れて行かれて、お仕置きされます」

「むちで打たれるということですか?」

ケイラがうなずく「そう。たいていは足をね。とても残酷な人ですよ、だってね」

「だって、何です?」

「とにかく、子どもたちはときどきシスターのオフィスに連れて行かれます。何度かこの目で見ましたから。廊下にカーペットが敷いてあるでしょ、パンツ一枚のトレバーが、その上を引きずられて行くのを見ましたもの。あのあと、ひどく足の皮がむけたでしょうね」

多くのシスターが、子どもの教育にはびんたやむち打ちなどの体罰が必要だと、いまだに考えていることは知っていた。体罰など、下品で野蛮でまったく無用なことなのに、行われているのが現実だ。シスターが行っている虐待は、子どもたちの心も体も苦しめている。いったいどんな大人が六歳の子どもに体罰を加えるというのか?

「なんてひどいの! ケイラ、誰かにそのことを話した?」

ケイラの顔色がさっと変わった「トレバーがここから出て行くとき、どういうことがあったのか、里親に少しは話しましたけど。でも」またもや辺りを見回すと、不安で仕方がないという表情で言った「なるべく子どもたちを助けるようにしています。だけど、仕事を辞めさせられたら困るし」

私はうなずいた。ケイラは板ばさみになっている。なんとかしたいと思ってはいても、自分の子に食べさせなくてはならない。事実を暴露すれば、仕事をなくすことになるかもしれないのだ。同情はできないけれど、立場はわかる。

いろいろと考えながら、家路についた。なんとしても、やめさせなくては。でも、どうやったらいいのだろう。すべきことは二つあるように思える。まず、トレバーが受けたダメージをできるかぎり癒してやりたい。それからあの悲惨な施設が、もう子どもたちを受け入れられないようにしてやる。

クリスマスが近づいていた。家族と一緒に、トレバーにもクリスマス休暇の準備を手伝わせた。ある晩、部屋にクリスマスツリーを置き、子どもたちに飾り付けをさせようと、ライトや金色のレースのひもなどの飾りを入れておく箱をいくつか出してきた。

飾りがいっぱい詰め込まれた箱をひとつ開けた。シャロンが手を突っ込み、飾りをひとつつまみ上げたそのとき——騒ぎが起こった。突然、トレバーが大声を上げたのだ「だめ、だめ、だめ、触っちゃ！　触るんじゃない！　戻して。早く、箱に入れて！」さっきまで普通だったのに、今はもう完全に、何かに恐れおののいた表情に変わっている。

シャロンは金ぴかの飾りを手にして突っ立ったまま、世界一の大ばか者を見るような目でトレバーを見つめている。まずいことになりそう。

「触りたければ触っていいのよ。ね？」飾りをぶら下げた片手を掲げて続ける「見ててよ、もうひとつ取り出すから！　ほらね——好きなだけ取り出していいんだから！」

トレバーの目玉が飛び出しそうになる。明らかに、怒っているのではない。シャロンの行いを心から恐れているのだ。シャロンに恐ろしいことが起こると信じている。この楽しいやり取りに加わろうと、双子のひとりケイティが、飾りをひとつ手に取った。

もうトレバーは耐えられなくなった。腕を振り上げ、ふたりの手から飾りをもぎ取ろうとする「だめ、だめ、だめだってば！」とわめき立てる「触ったら、悪魔に指を焼かれるぞ！　今すぐ、指を焼かれてしまうぞ！」

部屋中が、しんとした。

シャロンと幼いケイティは、どうしたらいいのかわからず、硬直状態になっている。

私はトレバーのそばに行き、箱の中から赤いガラス製の飾りを取り上げて手渡した。飾りをじっと見つめるトレバーの頬を涙が流れる「トレバー、クリスマスツリーの飾りに触れると罰が当たるって、誰かに言われたのね」誰なのかは容易に想像できる。私の極悪人リストのトップに、シスター・ビアニーが躍り出た「でもね、うちでは触ってもいいのよ。それにね」

次に何を言われるのかと、トレバーはビクビクして私を見つめている。

「壊しちゃっても平気だから」

それから先は、ツリーの飾りつけというよりトレバーのセラピーみたいになった。トレバーはしだいに、他の子が飾りを手にしても怖がらないようになり、ついには自分で触っても悪魔に指を焼かれることはないとわかってくれた。そんな風に信じているなんて、ばかばかしいと思うかもしれない。だけど本当に、トレバーは怯えていたのだ。そう考えるように、誰かが仕向けたからだ——しかも、相当強烈に。

わが家では、飾りに触っても構わないということは、トレバーにとっては驚きだったようだ。この子を震え上がらせようと、シスターたちが他にもくだらないことを吹き込んだのではないかと勘ぐってしまう。

クリスマス休暇が終わると、ソーシャルワーカーに連絡を取り、トレバーは必要なだけこちらで預かると告げた。おそらく、ずっとうちにいることになるだろう。それから、もうひとつ考えているとがあった。

あの施設で叩きこまれた心の傷が、いまだに癒されていないことはわかっている。その頃はすでに、問題児と何度も関わっていたから、子どもが心を閉ざすとはどういうことなのかわかっていた。それでも、ある施設が門を閉ざすことになれば、トレバーの気分も晴れるだろうと考えていた。

トレバーと私は、その施設を訪問するために出かけた。トレバーが、あの悪名高いシスター・ビアニー施設長と面会できるよう、あらかじめ手はずを整えておいた。ところが、門の前に停めた車の中で、トレバーが及び腰になった。玄関のドアをひと目見て、パニックに陥ったのだ。

片手をトレバーの肩の上に置いて言い聞かせる「トレバー、大丈夫だから——打ち合わせ通りのことを言うのよ。シスターに何を言われても気にしないで。ここで待っているから、済んだら玄関からすぐに出て来るのよ」

トレバーはうなずくと、車から出て行った。

その後の次第はこうだ。

正面玄関から入ったトレバーは、シスター・ビアニーのオフィスへ行った。シスターは立ち上がり、机の向こうから近寄って来た。長身のシスターは血も涙もない人間で、口の両脇にくっきりと刻まれているしわは、微笑むように持ち上がったことは一度もないのだろう。

「ああ、トレバーだね?」

トレバーは、すっかり怖くなった。

「はい、シスター」とようやく声を絞り出す。

「それで、また新しい里親のところに移ったんだね?」

「はい、シスター」

「ふん、どの里親もおまえを悪がきだと思うだろうよ。今度の里親の話はちょっと聞いている。あの、リオって女のことさ」シスターは、上体を近づけて言った「これまでの里親みたいに、リオもおまえのことを嫌っているだろうね」

その瞬間、トレバーの中で何かがぱちんとはじけた。もしかすると、そのときようやく、傷ついた心が回復し始めたのかもしれない。とにかく、トレバーは口を開いてこう言った「ぼくが好きなだけいていいってリオおばさんは言ってるし、ぼくもあのうちが大好きだ。おまえなんて、く、く、くそくらえ！」

そう言うと、くるりと向きを変え、ドアから走り出た。

逃げ足が速くて幸いだった。シスターは、声を限りにわめきながら、すぐ後ろから追いかけてくる。トレバーが、玄関のドアから走り出て来た。すぐ後ろから、質素なジャンパースカートにきちんとした靴を履いた長身の女が、恐ろしい形相で追いかけてくる。助手席にストンと納まったトレバーは、ドアをロックした。シスターが運転席側に来て、窓をドンドン叩く。

何やらわめきたてているが、内容は聞き取れない。ウィンドーを少し下ろすとけたたましい声が聞こえてきた。しかるべきところに通報してやるだの、なんと卑劣なことでしょうだの、あんたが二度と里子を受け入れられないようにしてやるだのと騒いでいる。

しばらくシスターを見つめてから私は口を開いた「あなたこそ、もう子どもを受け入れられなくなりますよ。絶対にここを閉鎖させてやりますからね」

シスターは、わめくのをやめた「ばかを言うんじゃない」

ギアを入れ発進させながら、私は声を上げた「さあて、どうなるでしょうね！」バックミラーに映ったシスターが、車に向かって叫びながら、中指を突き立てたのが見える。やっきになり、口から泡を飛ばしそうな勢いだ。

振り返って見ていたトレバーが、私の方を向いた。私たちは、ゲラゲラ笑い始めた。

私は思いつく限りのあらゆる人々に、施設の実態を知らせた。必要とあらばローマ法王の元へも話しに行っただろう。トレバーが正式に私の里子になると、わが家はもう爆発寸前に膨れあがった。里親は手伝いを派遣してもらうことができるので、ソーシャル・サービスにホームヘルパーをひとり頼んだ。本当に、それでずいぶん助かった。それから私は、あの施設で長いあいだ組織ぐるみで行われていた虐待について報告する書類を準備した。トレバーは、シスターたちのおぞましい仕打ちによって心に傷を負った、数えきれないほど多くの子どもたちのひとりなのだ。

この運動のうわさが広まると、大勢の人がやって来て施設の実態を話して行った。本当に残酷な実情が浮かび上がった。

二年が過ぎた頃、とうとう施設は閉鎖され、再開することはなかった。

シスター・ビアニーは、早期退職を余儀なくされた。まだ非常に若い退職だった。その後は、もう二度と子

左から、孫のニコラ、娘のグウェン、孫のスーザンとネッサ、母、男の子の里子、父、私。

どもと関わることを許されなかった。

あの日トレバーがシスターに言い放った言葉に、私が心を痛めている思っている読者のみなさん、考え過ぎですよ。だって、ああ言うようにトレバーに教えたのは、他でもないこの私だから。私は、カウンセラーには到底なれそうにないけれど、悪徳施設を閉鎖に追い込むことについては、かなり長けているみたいだ。

16　夏の休暇とアメリカ旅行

私は、仕事と育児だけに明け暮れているわけではない。一年のメインイベントとして、夏休みに旅行に出かける。まだ若く独身の頃に夏休みの旅行を始め、結婚しても子どもができても、変わらずに出かけて行った。家族だけで行くのではなく、そのときどきで友人や親戚も加わり、巡業サーカスのようににぎやかになる。

ある年の夏、大人七人に子ども五人、それに楽器を三つ積んで、二台のバンで出かけた。ドリス、ヒューイ、私の三人で交代しながら運転した。予定は立てない。というのも、いつもそれでうまくいくから。金曜の午後、海を目指して西へ出発した。クレア州に入り、さらに西へと進む。そしてとうとう、妖精の物語の舞台になっているドゥーリンに到着した。

毎晩、生演奏しているパブを見つけては一緒に歌って楽しみ、昼間は昼間でやりたいことが山ほどあった。素晴らしい自然の中を歩くのもいいし、もちろん子どもたちは、羊の後を追いかけたがる。海岸にも行き、波打ち際で子どもたちを遊ばせた。水平線の向こうにはアラン諸島――イニシュモア島、イニシュマーン島、イニシィア島が――まるで果たせなかった夢のかけらのように横たわっている。島の姿を目にしたとたん、行きたくてたまらなくなった。もちろん、フェリーに乗ってしまえば簡単に行くことができる。でもそれでは費用もかさむ。幸い、あてになりそうなコネができた。

ある晩、小さなパブには似つかわしくないくらい大柄で器も大きいひとりの男が、生演奏に飛び入り参加した。その人物は、パブに居合わせたみんなと知り合いのようで、おもしろおかしいストーリーをアイルランド語で話して聞かせていた。私たちよそ者の存在に気づくと、恐れ多くも、言葉を英語に切り替えてくれたので、私たちも彼の話を聞く名誉にあずかった。そのお方が、自称イニシィア島の王、ローリー様だと知らされるのに、時間はかからなかった。

そのお方によれば、イニシィア島は小さいながら偉大な王国で、人口のほとんどは、羊とロバが占めている。そのお方は寂しそうだった。彼の王位を認めているのは、本人だけなのだ。農業と漁業で生計を立てているが、けたはずれの心の広さとまわりを陽気にするユーモアを兼ね備えたこの人物に、私はすぐに興味を覚えた。しかもその人は、立派な網代舟を持っているというのだ。

私たちは都会の人間だから、その舟がどんなものかわからない――それに、ローリーはもったいぶった説明の仕方をしたから――ところが、網代舟というのは単なる小舟の一種だと判明した。アイルランドの諸島では昔から使われているカヌーのような小舟で、木製の枠に動物の皮を張って作る。ローリーはそれほど伝統に固執するタイプではないし、今では動物の皮で網代舟を作る人もいないようだけれど。最近では、普通は防水性のキャンバス地を使う。いずれにしても、この舟はよくある小舟とはまったく違っている――そもそも、足元に厚い床板がないという。ローリーがその舟で島とドゥーリンとの間を帆走したり櫂でこいだり（お天気しだいでどちらかになる）して行き来しているなんて、ちょっと驚きではないか。ローリーに頼み込んで、ある日の午後、ドリスと私は舟で島へ連れて行ってもらうことになった。

雨は降っていないけれど、空にはひだ状の雲がたれこめていて、雨を降らせるのにちょうどよいタイミングを見計らっている。海の状態は、ローリーいわく、ほんのちょっと波がある程度。ほんとに？　だとしたら、荒れた海というのはどんな状態なのだろう。

ドリスと私は靴を脱いで水の中へじゃぶじゃぶ入って行き、小舟に乗り込んだ。風は強いけれど、突風というほどではない。ローリーが帆を上げ、岸から沖に向かって舟を押してから乗り込むと、舟は島を目指して出帆した。

乗っている間じゅう、ローリーが話をしてくれる——魚や鯨、海鳥や難破船など様々なことについて。おかげで、時間がたつのが早かった。いちど、大波が襲いかかってきて舟が横にかしいだ。ドリスと私は、よろめいて舟のへりにつかまった。

「気をつけろ！　しっかりつかまって！」と王が命令する。

「大丈夫、泳ぎは得意なの」と私が答える。

ローリーが鼻で笑った「意味ないね」

「泳ぐことが？　網代舟に乗るなら、絶対泳げなくちゃ」

ローリーがまた鼻で笑う。たしかに、王にふさわしい笑い方だ「網代舟に乗る男たちは、泳ぎの練習なんぞで時間を無駄にしないさ」

わざとひねくれたことを言っているようだ。私にその理由を尋ねてもらいたいというのなら、喜ばせてやろうか「ほんとに？　でも、どうして？」最後に「この、おたんこなす」と付け加えるのはやめておいた。

「どうしてって」上体を私たちの方に寄せ、ローリーは続けた。昔からの叡智を特別に教えてやろうとでもいうもったいぶった態度だ「これほど上等な網代舟がひっくり返るほど波が荒いってことはだな」舟のへりをぴしゃりと打って続ける「海が荒れすぎていて、どのみち泳ぐのは無理ってことさ。だから、じたばたしないで、ただ溺れてしまえばいい、ってえことだ」

私は言葉を失った。それから先、島に着くまでずっと小舟にしがみついていた。

上陸した海岸は、岩でごつごつして一面が灰色だった。素晴らしい午後になった。私たちは島をあちこち歩き回り、百姓や漁師に出会い、海の美しさに何度も息をのんだ。それから、岩だらけのローリーの農場へ行き、自宅のかまどの火で体を温めながら、熱々のお茶をすすっておしゃべりした。本当に、素敵な時間だった。

それだけでなく、陛下は私たちに特別なものを振舞ってくれるという「我が客人よ」と始めた「そろそろ、酒盛りをはじめるとしよう」

ドリスと私は、おそらくシェリー酒か、そうでなければウイスキーを飲ませてくれるのだろうと思った。ひょっとしたら、豪勢にブランデーをごちそうしてくれるかも。けれども、王は別のものを用意していた。食器棚へ行くと、小さなグラスを取り出す。もったいぶったしぐさから、何か特別なことが始まるのだとわかる。それから、透明な液体の入った、何のラベルもついていないボトルを手に、テーブルに戻ってきた。

あら、まあ。

「では、おふたりさん」そう言いながら、ボトルのコルクを抜く「これを飲まないうちは、わしの島から出すわけにはいかないから」

その飲み物がグラスに注がれただけで、私の目はアルコールで熱くなった。ドリスは、まるでカエルを飲み込めとでも言われたような困惑した表情だ。

「それは、ひょっとして、あれ？」

「その通り。神がアイルランドにもたらした飲み物だ」ローリーは三つのグラスを満たし、自分のグラスを持ち上げると灯りにかざして声を上げた「わしの密造酒！」

普通、密造酒は人間の飲み物というより、ガソリン気化器の洗浄用とみなされているかもしれない。私はアルコールを飲まないわけではないけれど、密造酒だけは口にしないようにしてきた。控え目にいっても、悲惨な結果になったという話しか聞かないからだ。

自分のグラスを掲げながら、ローリーは私たちがグラスを手に取るのを待っている。私は横目でドリスを見て、やるしかないとうなずいた。私たちはグラスを持ち上げ、ローリーの「乾杯！」の掛け声に合わせてグラスをカチンと鳴らし、ローリーがほぼ一気に飲み干すのを見守った。頭が爆発して炎上することがないのがわかったので、私もやってみることにする。お客としての礼儀ではないか。ぎゅっと目をつぶり、グラスを持つ手を傾けると、一気にごくりと飲み込んだ。

火かき棒みたいに猛烈に熱いものが、体の内側を焦がしながら喉の奥を通り、みぞおちへ落ちていった。まるで稲妻に打たれたようだった。赤い炎のようなものが、目の裏側で爆発した。脳みそが吹っ飛んだと思った。

うめき声がしたから、ドリスも飲み込んだのだろう。息ができるようになって目を開けると、頭をのけぞらせてこぶしでテーブルをドンドン叩いているドリスが目に入った。声を出そうとしても、頭の中は真っ白で、口から小さな青い炎が飛び出した気がする。私たちの様子を見たローリーが、満足げににっこりした。ドリスは、まだテーブルを叩いている。私は、なんとか目の焦点を合わせた。

「おふたりさん、初めてにしちゃ、悪くないな」と言いながら、二杯目を注いでいる「今のはウォーミングアップだから」

「ウォーミングアップですって？」と言ったつもりが、喉の調子が悪い羊がメェと鳴いたみたいな変な音になる。

ローリーは、まだにこにこしている。瞳が光っている。これは、悪魔の魂から燃え移ったきらめきではないかしら。あれ、ちょっと待って。火のついたマッチを手にしているじゃない。

「じゃあ」とローリー「今度は、正式な飲み方を教えてやるよ」マッチをグラスの表面に近づけて揺らすと、銀色に輝く炎が浮かび上がった。

グラスを持ち上げ、満面の笑みを浮かべてウィンクし、何やらかなり長いアイルランド語を口にした。きっと、深い意味のある言葉なのだろう。そして、ぐいっとひと息で飲み干した。

最初の一杯で、私はもう相当酔いが回っていた。

「ねえ、今の一杯、飲んだの？」私はむじゃきに言った。

ドリスが続けた「炎が出てた……火がついて……メラメラ燃えてたわ」もう降参というように両手を上げる。

ローリーは、もう一本マッチに火をつけると、私たちのグラスの上にかざした「こうやって飲むのが、格好いいのさ」グラスを私たちの方へ押しやる「ただね、コツがある」

すぐ頭に浮かんだ。何も考えず、ぐいっとひと息で飲むってこと？　それが一番いいんじゃない？

ローリーが上体を低くして言った「火がついている間は、飲まないことだ。絶対に」良く聞きなさいというように続けた「飲み込む直前に、火を吹き消す――こういう具合に」

そう言いながら私のグラスを手に取り、スローモーションで口まで持って行き、大きく息を吸い込んでグラスの表面にふっと吹きかけてから、一気に飲み込んだ。

「うは、すばらひい」と私。

ローリーは私のグラスに酒を注ぎ、もう一度火をつけた。

「それじゃあ、お嬢さん方」そう言いながら自分のグラスにも注ぐ「乾杯だ！」

その後のことは、あまり覚えていない。翌朝、ドリスと私は網代舟に乗り込みドゥーリンを目指した。頭がずきずきして、すぐ近くの島の大きさほどに膨れ上がった気がする、とドリス。舟の中では毛布をかけて暖かくしてやった。意外にも、私は気分が良かった。でも、頭が冴えていたわけではない。前日にしたことの割には調子がいいという意味だ。

リオはめっぽう酒に強い、とローリーに言われた。それに、肝臓も丈夫らしい。ともかく私たちは、ドゥーリンに戻った。最後の晩はまた音楽で楽しく過ごし、翌日には荷造りをしてダブリンに向かわなければならなかった。帰りたくなかったけれど。それからは、何日か休みが取れると、ドゥーリンへ直行するようになった。私はときどき、神の全能の目を感じることがある。未来を見通す神の目が、ドリスと私をあの魔法の島へと導いてくれたようだ。


というのも、ローリーから受けた密造酒の飲み方レッスンのおかげで、私はのちに危機を切り抜けることになるのだ。ドリスと私はダンスを楽しむだけでなく、ダブリンの音楽業界にも顔を出すようになり、ルーク・ケリーやロニー・ドリュー*のそっくりさんのショーを手伝うようになった。そのうち私たちは歌手として知られるようになり、ダブリン市内の音楽の催しでおなじみの顔になった。あるとき、音楽を通して知り合ったショーンという人物が、旅行を計画した。ドリスと私とほか数人でニューヨークへ出かけて行って、街中のアイリッシュパブで歌って踊っていつものどんちゃん騒ぎをしてきたのだ。私にとっては初めて渡米で、ニューヨークはめまいがするほどエキサイティングな街だった。到着する前は、自分は都会の人間だと思い込んでいたから、ニューヨークなんてダブリンみたいなもんでしょ、と思っていた。けれども、その規模とエネルギーに、すっかり圧倒された。街中のあらゆる場所で喧噪が静まることはなく、人間が絶えず動き回り、活発な商取引が常に行われている。活気に満ち溢れていて空気がすがすがしくて、のんびりしたダブリンの雰囲気とはまったく違う。ああ、どう表現したらいいのだろう？　アイルランド人はどこへ行っても受け入れてもらえるけれど、ニューヨークでは特に歓迎される。私たちはニューヨーク中の人々に喜んで迎えられ、本当に心地良い気分にさせてもらった。おかげで毎晩落ち着いた気持ちで、歌と踊りと物語を披露することができ、パブはお客で大入り満員になった。

＊　アイルランドを代表するフォークバンド、ザ・ダブリナーズのメンバー。一九六〇年代から七〇年代に活躍した。

歌を歌う他に、私はアイルランドの民話を語る役をしていた。レプラコーンなどの妖精にまつわる伝説や不老不死の国の物語、その他のいろいろな言い伝えを語るのだ。まず、私が祖父から聞いたストーリーから語り始める——だけどそのうち私の想像力がどんどん翼を広げ、その場の雰囲気に合わせてまったく新しいストーリーを作り上げてしまうのだ。たいていは、こんな風に話し始める——「昔々あるところに、本物のドラゴンになりたいドラゴンフライ《トンボ》がいました」——そして成り行きにまかせて、結末がわからないまま話し続ける。私の語りはいつも拍手喝采を浴びた。ところが数週間が過ぎ、同じ客がやって来て、またあの伝説を聞かせて欲しいとリクエストを受けるようになった。

自分が語ったストーリーを私がいっさい覚えていないというのに。いちど口から出してしまったら、頭の中にはまったく残っていないから。客にせがまれ、前回でっちあげたのと似たようなストーリーをもう一度語り始める。すると、その客はとまどいを隠せない。このあいだ聞いた本物のアイルランドの伝説とは、なんだか違うような気がするけど？

ニューヨークでも、私たちは働きづめだったわけではない。仕事をしない晩もあり、そんなときはニューヨークのナイトライフを楽しんだ。ある晩私たちは——こともあろうに——とあるアイリッシュパブに落ち着いた。読者のみなさんに、飽きないねと言われそうだ。でも、アイリッシュパブに本物のアイルランド人がいるのを見せてやりたいと思ったのだ。それに、ドリスや他の数人が気づいたのだが、アイルランド人であるというだけで、たいていは一杯おごってもらえる。

その晩のパブも、例外ではなかった。カウンターで飲んでいた大男たち（アイルランド系アメリカ人らしい）が、アイルランドなまりを聞きつけて、私たち全員に飲み物をおごり、先祖の生まれた国について聞きたがった。いつもの通り、アイルランド人は酒にめっぽう強いという話題になった。仲間の数人が、いつもやってみせるように酒をあおり——周りの期待通りに——酒に強いところを見せつけた。アメリカ人たちは、大喜びで満足してくれた。

ところが、レイと名乗るひとりの大男が、その程度ではお粗末だと言ってきた「おいビル！」とバーテンダーに声をかける「例のものを出してこい！」

パブ中が、しんとした。わけがわからないのは、私たちだけのようだ。

バーテンダーが、透明の液体が入っているすすけたボトルを手に戻って来た。え、まさか！

「これから、飲み比べで本物の男かどうか判断する！」そう言いながら、レイがボトルを掲げる

「ここにあるのは本物の密造酒だ。賭けてもいい」私の仲間たちを見回しながら続けた「ここに、おれより飲めるやつはいないいな！」

レイは背丈が一九〇センチ以上、体重は一三〇キロくらいありそうだ。仲間たちは、かないっこないという顔つきをしている。

「さあ、勝負しろ！」ポケットに手を突っ込んで財布を取り出すと、レイは二十ドル札を五枚、カウンターの上に叩きつけた「百ドル賭ける。アイルランドの湿地の中をもぞもぞ動き回ってるおまえらを、おまえらの酒で負かしてやるから」

現金に目を吸い寄せられても、名のりをあげる者はいない。アイルランド人だからこそ――密造酒を飲めばどうなるか、よくわかっているのだ。そのとき、誰かが後ろから私の肩を押した。ドリスが私を無理やり前へ押し出そうとしている「この人が、受けて立つわ！」

ドリスが私を押し出そうするのを、レイと仲間たちがじっと見つめている。はじめはレイもおもしろがった。ところが、アメリカ人の客がくすくす笑い始めたのを見ると、ムッとした顔つきになった。この男がイラついているのは、決して美しい光景ではない。

ドリスに小声で抗議した「どういうつもりなのよ？」

「リオ、あなたなら勝てる」

私はレイと向き合った。レイが目の前に山のように立ちはだかる。私を、ブーツのかかとで踏みつぶしてやるといわんばかりの形相だ。

「あんたが？」と吠える。

このばか男からそんな風に扱われる筋合いはない。ただでさえ、湿地の生き物と呼ばれたのだ。借りを返してやる「そうよ」と私は最上の笑みを返す「大丈夫、心配ないわ」ひじでレイを軽くつついて続けた「手加減してあげるから」

また、周りで忍び笑いが起こった。後ろで仲間が何か言おうとしたが、いいからここは私にまかせて、とドリスが黙らせる。ほんとにまかせていいのだろうか?

レイは引っ込みがつかなくなっているようだ。バーテンダーがグラスを二つ持ってきて、透明の液体を注いだ。頭がい骨をも溶かしてしまいそうな液体だ。

私はグラスに手を伸ばした。

「ちょっと待て」そのグラスをレイが取り上げる「まだだ」

ライターを取り出すと、自分のグラスの表面に火をつけた。レイの仲間と、パブにいるほぼ全員がはっと息をのんだかと思うと、大きなざわめきが起こった。

「おれの百ドルが言ってるぜ」とレイ「このお嬢ちゃんは、こんな風には飲めないってな」

そう言ってからグラスを掲げ、満足げな笑みを私に向け、ひと息で飲み込んだ。顔が少し紫色になったけれど、空のグラスをふたたび掲げると、パブ中が歓声と拍手に包まれた。

じろりと私をにらみ、ライターをかざして私のグラスに火をつけた。

「こうやって飲むのが決まりでね。アイルランドの正式な飲み方でなくちゃならねえんだ」

レイは仲間の方を向いて言った「これで勝負はついたぜ」

私の後ろから声がする「リオ、そんなもの飲まなくていいぞ」すぐにドリスが黙らせる。

私は瞬きもせずに、レイをじっと見た。グラスを手に取り息を深く吸い込んで、目にもとまらぬ速さで炎をふっと吹き消し、ぐいっと飲んだ――そして、空のグラスをカウンターに叩きつけた。

再びレイに笑いかける。レイの仲間たちは一瞬驚いたものの、すぐにレイの背中を叩きながら笑い始めた。

「一本とられたな」仲間たちは口々に言っている。私は百ドルに手を伸ばした。

レイの手が、私をさえぎる「いいやまだだ。あと百ドル賭ける。ま、もう一杯ってのは無理だろうな」

私のすぐ後ろには、仲間たちが控えていた。あんなものを飲んでも、私が炎に包まれることも、卒倒することも、ろれつが回らなくなることもないとわかったようだ。とりあえず、今のところ。

「リオ、やってやれよ！」

パブ全体がスタジアムと化した。レイと私の飲み比べが、本日のメインイベントだ。それならやってやろうじゃない。よぉし、かかってこい。

レイの仲間のアメリカ人がカウンターにお札を叩きつけ、バーテンダーがグラスに酒を注ぎ、レイが火をつけ、歓声ややじが飛び交う中、私たちふたりがぐいっと飲む。そんなことを繰り返しているうち、腰かけたらどうだいと誰かに勧められた。とんでもない。このままで最後まで戦う。自分の両足でしっかりと立っていなければ、二度と立ち上がることができなくなる。

レイは、二杯飲めば私を負かすことができると思っていたようだ。いや、もしかすると三杯。五杯目になると、レイの額に玉の汗が浮き出てきた。

六杯目には、火をつけるレイの手が震え始めた。

八杯目は、仲間に頼んで火をつけてもらわなくてはならなかった。

ついにカウンターの賭け金が九百ドルになった。私の脳細胞も、せいぜいあと九百個くらいしか残っていないから、ちょうどいいわ。そんな心地。

レイの汗まみれのまゆ毛をじっとにらみながら、九杯目を飲み干した。カウンターにグラスを置くと、レイが手にしたままの空のグラスにカチャリと当たった。レイに向かって今度もにやりとしようとしたけど——うまく笑顔が作れない。どうもよだれが出てしまったみたい。

やんややんやの大喝采の中、誰かが叫んだ「十杯目！　十杯目！」あれれ、世界が溶け始めたかなと思った。いやちがう、溶けたのはレイだ。

ついさっきまで、空のグラスを手にしたまま立っていた——グラスをカウンターに叩きつけたまま手を離していなかったのだ。それが今、崩れ落ちる雪崩のようにゆっくりと、床へすべって行く。まるで、日光浴用の寝椅子の脇に置いたソフトクリームが崩れていくみたいに。ドスンと音がしたかと思うと——忠実なサポーターたちの足元に、すっかりぐでんぐでんで倒れ込んだ。

パブ中に大歓声が、ことに私の仲間たちの中から、湧き起こった。叫び声や歓声が飛び交い、喜びに背中を叩き合っている。ドリスが賢明にも、私の背中が叩かれないようにしてくれる。叩かれたら、どうなるかわからない。カウンターに駆け寄ったドリスが、賭け金をかき集めた。

「ちょっと待った！」と声を上げたのは、レイの仲間のひとりだ。巨漢の友人が使い物にならなくなった今、この男があとを引き継いだようだ「自分の足でちゃんと歩いて、あのドアから出て行ってからにしな。それができたら金はくれてやる」その仲間たちも、口々に調子を合わせる。

私はドリスを見やった「それを仲間に渡して。ドリス、あなたはドアの外で待っていて」

「大丈夫？」

私はうなずいた。頭がくらくらする。ドリスの額の真ん中に目玉が三つあって、口はさかさまについていたけれど、それについては後で話すことにする。

ドリスは出て行った。

私は、アメリカ人たちに向き直った「それじゃあ行くわ。ごちそうさま」さっそうと手を振った、つもりだ。レイを踏みつけないよう気を付けながらカウンターから離れる。レイは仲間の足元で丸くなっている。気のせいか、親指をしゃぶっているような。

「帰る前に聞きたいんだが……」そう言いながら、レイの仲間が私の腕に手をかけた「こんな飲み方、誰に教わったんだい？」

私はにっこりほほ笑んで、よくお聞きなさいと言わんばかりに声を上げた「キングからよ！」

笑顔のままくるりと向きを変え、ドアを目指した。ドアまでは二キロ以上ありそうだ。なんとしてでもたどり着き、開けて外へ出なくては。さもなければ、せっかくのお金がすべてアメリカ人のポケットに戻ることになる。自分にそう言い聞かせながら、一歩ずつ足を前へ進める。ああ、ドアがちっとも近くならない。

座席で見物していた男のひとりの脇を通り過ぎようとすると、その人が連れ合いに確認しているのが聞こえた「なに、炎の密造酒の飲み方をエルビスから教えてもらったって？」

その人に、イニシィア島の王ロイについて説明している余裕はない。その頃には、エルビス同様、ロイもすでにあの世に逝ってしまっていたし。ただもう足を一歩一歩前へ出すので精一杯だ。そして、ドアノブに手を掛ける。それから外に出た。

叫び声や喜びの悲鳴が、パブの中からどっと沸き立った――それに、嘆く声も――終わった。私が勝ったのだ。

ドリスが近寄って来て私のひじをつかんだ、そのとたん——ばったーん。ひざががくんと折れ、私はそのまま歩道に倒れ込んだ。

その後どうなったかは記憶にない。仲間がパブから出てきて、私は滞在場所のアパートへ運び込まれたと聞いた。そしてうれしいことに、アメリカ人たちの賭け金は、私たちのポケットに入った。

それでも、仕事は続けなければならない。酔いがさめるとすぐ、私は仕事に戻った。ニューヨークのパブで行うショーに復帰したのだ。

ある晩、ひとりの男が私たちのショーを見にやってきた——普通の客でないことは、一目瞭然だ。巨漢の用心棒をふたり従えていて、ふたりともその人物の護衛に余念がない。その人は、小柄で髪も薄くなっているけれど、身を包んでいるスーツは、高級そのものだ。用心棒のひとりがその人と一緒の席に腰を下ろしたけれど、飲み食いをすることなく、ただ店内を見回して警戒している。もうひとりは、その人物を警護しやすい後ろの壁付近に陣取り、入って来る人間に目を光らせている。

その人物を見て、近くのテーブルの客たちがヒソヒソとささやいている。それでも、誰も近づこうとしない。席に着いている方の用心棒が、ジャケットの下に何やらかさばるものを隠し持っていて、誰も近寄るなという雰囲気を漂わせているからだ。

私たちがいつものようにショーを始めると、その重要人物はとても楽しそうで、盛んに歓声を上げ

現在も、私は歌を歌ったり物語を語るのが大好き。ダンボイン・キャッスル・ホテルで。

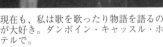

拍手をし、何曲か飛び入り参加して一緒に歌った。その人自身、歌がうまいのだ。

ショーが終わると、ステージの私たちのところにやって来て（その間も用心棒のひとりが肩越しににらみを効かせている。まるで害虫駆除業者が、コガネムシに殺虫剤を吹きつける前にみせる目つきにそっくりだ）自分がどんなに楽しんだか、長々と礼を述べた。それから、私たちが夕食を済ませたかどうか聞いてきた。

まだですとショーンが答えると、それで話は決まった。この最重要人物は、仲間全員にフルコースのディナーをごちそうしてくれるという。テーブルをいくつか合わせて並べ、その人も私たちと一緒に席についた。私たちは、料理をきれいに平らげ、ビールを浴びるほど飲んだ。その人はアイルランド人ではないけれど、アイルランドの音楽や民話が大好きで、人と一緒に楽しい時を過ごすことについては、この人ほど長けた人はいない。テーブルではまた歌を歌い、数えきれないほどジョークが飛び交った。それでもふたりの用心棒は、入って来たときと同じ気難しい表情で、銅像のように突っ立っていた。

真夜中を過ぎ、ようやく食事が終わった。その親切な人物が用心棒を連れて帰る時間になった。その人が立ち去る前に、ようやく私は話かけることができた「ご親切に夕食をごちそうしてくださって、ありがとうございます」と、用心棒に刺客と間違われないよう、素早く告げた。

その人は振り返り、青い瞳をきらめかせて言った「なんてことないさ、お嬢さん。楽しかったからね——本当に、素晴らしい夕べをありがとう」

「いえいえ」私は答えた「こちらこそ、ありがとうございました。シナトラさん」

ウィンクするその人を、用心棒たちがさっと連れ去った。

17　人質事件

私たちがまだマーケットで凄腕を振るっていたある日曜の朝、ドリスと私はいつもどおり早くマーケットに到着した。バンには商品をぎっしり詰め込んできたが、すぐに売り切れてしまうだろう。トイレットペーパーやキッチンペーパーのロール、少しへこんだ煮豆の缶詰、いろいろなサイズのお皿や調理道具。

荷を下ろしていると、向こうにナンとテスがいるのが見える。ナンは花柄のビニールクロスをかけたテーブルの後ろに立っているが、その上には品物がほとんどない。少し欠けた陶器のティーポットを二、三個置いてプラスチックのコップを並べ、商品が多いように見せようとしている。その後ろに、息子のふわっとしたブロンド頭が見える。頭だけが、かろうじて車椅子の背もたれの上に出ているのだ。ポットからお茶を注ぐテスの手が震えている。糖尿病なのだ。疲れがたまると、症状が出てくるようだ。それでも日曜はかかさず、ナンとテスはマーケットに来ていた。マーケットの仕事は、ふたりにとって貴重な収入源になっているから――とはいえどういうわけか、その日はわびしさが漂っていた。

私は近づいて声をかけた。

ナンは、疲れきった笑みを浮かべ、テスは手にしていたお茶を私に寄こした「はい、これで温まって」

私はカップをテスの手に戻した「大丈夫、寒くないから。品物を下ろすのを手伝うわ。こんにちは、ロバート。元気かしら?」

ロバートはにっこりしながら一方の肩をすくめた――それがこの子のあいさつなのだ。筋ジストロフィーのため、思い通りに腕を動かすことができないけれど、明るい性格だ。

テスはカップを置いた「心配ご無用。もうぜんぶ下ろしたから」

私はテーブルの上を見つめた。情けないどころではない。

テスに視線を戻すと、彼女は私の心の中を読み取って言った「バンが故障しちゃったから、今週はほとんど仕入れに行けなくて」

「ライデンズにも行けなかったの?」

ライデンズというのは、ダブリン北部にある卸売業者だ。品物をバーゲンで大量販売することがある――直接仕入れて売るほどには儲からないけれど、すぐに現物が必要なときは便利だ。

テスが首を横に振る。

「うちのバンがあるわ。もう荷は下ろしてしまったから、これからライデンズへ連れて行こうか?」

テスはテーブルの後ろからバッグを引っ張り出した「そうしてもらえると、すごく助かるわ。ありがとう、リオ」

ナンが私の腕をつかんで言う「ご親切に、ありがとう」

「お安いご用。早く行きましょ、テス。いい品が売り切れにならないうちにね」

到着すると、すでにライデンズは混雑していた。大勢の同業者が、どたん場の買い物をしている。

自分はうまくやっている、われながらそう思う。週末にならないうちに、仕入れはすべて済ませてしまうもの。でもテスには、そんなぜいたくはできない。ふたが少しへこんだ掃除用洗剤のボトルが入った箱の中をテスがのぞいている間、どんな物があるか——それに、誰が買い物に来ているか——私は見て回った。

トイレットペーパーが積み重ねられた付近に客が数人いる——ここの価格は、私が仕入れたのより五ペンス高い。私はひそかにほくそ笑んだ。

そのとき、いい気分を台無しにするかのように、バタバタと走り回る足音と叫び声が、荒れ狂う大きな波のようにそこにいた客を包み込んだ。

振り向くと、目出し帽をかぶった三人の男が客を押しのけてレジの前まで進み出て、カウンターに跳び上がるのが見える。強盗だ、と叫んでいる。

あまりのばかばかしさに、冗談かと思った。

でも、男のひとりが散弾銃をかざしているのだから、冗談ではないらしい。

金切り声が空気を引き裂く。その瞬間、体に不釣り合いなほど大きな銃を手にしたまぬけな男に撃たれる前に、パニック状態で走る人々に押しつぶされるのではないかと怖くなった。

「全員、床に伏せろ!」男のひとりが、大声を上げながら脅すようなしぐさで銃を振り回した。

他の客と一緒に、私も急いで床に身を伏せた。テスはどこにいるのかと、わずかに頭を上げて見たけれど、まったくわからない。

男のひとりは銃を振り回し、他のふたりはカウンターから跳び下りてレジ係に薄汚い袋を突き付け、レジの中身を空けろとせまっている。そのとき、誰にも気づかれずに、レジ係のひとりが無音警報装置のボタンを押した。つまり、目出し帽の男たちがレジの中身を次々に袋に詰めさせている間、すでに警察が店に向かっていたわけだ。しかも、最寄りの警察署はそう遠くない。

サイレンの音が聞こえてきたとき、男たちはまだ、最後の袋に現金を詰めさせている最中だった。

今度は、目出し帽たちがパニック状態になった。

「くそっ、くそっ、くそぉっ！」銃を手にした男が叫ぶ。

サイレンを聞いて、床に伏せていた人々が頭を上げて辺りを見回し始める。その様子を見て慌てたのは銃を手にした男だ。

「全員、床に伏せてろ！」声が上ずっている。二連式の散弾銃を手にしている割には、声に凄みがない。

警察が到着し、店のドアを外側からドンドン叩きはじめた。私を含めて客たちはみんな、逃げるなら今がチャンスと考えた。ところが、銃を手にした男がそうはさせない。

「てめえら、床に伏せてろって言ってんだよ！」男は半狂乱になっている。

みんな一斉に男の方を見た瞬間、男は散弾銃を天井に向け引き金を引いた。轟音が響きわたる。発砲はしないだろうとたかを括っていた者は、間違いだと思い知らされた。もっとも、私たちを脅そうとした男の勢いは少々衰えた。天井の塗装がはげ落ちて、男の頭の上にパラパラと降りかかってきたからだ。頭を振って目の上のほこりを落とし、鼻のてっぺんを何度もぬぐうと、男はひとつ、くしゃみをした。

私は笑いを必死にこらえ、他の人たちがしているように身を伏せた。

ドアを叩く音が激しくなり、強盗たちは寄り集まってどうするか相談している。激しい言い合いの末、銃を手にした男がこちらを向いて、伏せている人々を指し始めた。

「そいつと」銃で指しながら続ける「そいつだ」他のふたりの強盗が、指し示された客に駆け寄って無理やり立ち上がらせる。そしてひとまとめにして立たせた。え、ひょっとして撃つの？　何をするつもり？

レジ脇の電話が鳴った。すぐ隣にいた女の客が、怖くて動くことができないまま電話を見つめている。銃を手にした男が、二連の銃身を女に向けた「電話に出ろ！」

女が慌てて受話器に跳びついた。恐怖のため見開いた目が、ビリヤード玉ほどの大きさになっている「もしもし？」と小声でささやいた。

女は、うなずいてすぐに受話器を差し出した「警察からです。あなた方と話したいそうです」

銃を持っていない男のひとりが近づいて、受話器をひったくる。私たちに背を向けていたので、話の内容は聞き取れなかったけれど、何やらひどく興奮している。ついには汚い言葉でののしると、受話器をガチャリと叩きつけた。仲間と少し話し合ったあと、男は、床に伏せている私たちの方を向いた。

「よく聞け！」男が声を張り上げる「たった今、警察に告げた。おれたちが金を持ってここから出ることができなければ、人質をひとりずつ撃つ」

寄せ集められた人々は息をのんだ。ひとりの男のひざががくがく震えはじめ、隣にいた女がぎこちない手つきでひじを支えてやる。すすり泣く声が聞こえてきた。

銃の男が言った「もう少し人質が必要だ」

「わかった」もうひとりが、伏せていた若い男をむりやり立たせて人質の中に押し込んだ。それから、もうひとりに手を伸ばし――テスをつかんだ。

人質の群れに連れて行かれるテスの体が恐怖にわななき、泣き声を出すまいと結んだ唇がぶるぶる震えている。

私はひょいと立ちあがった。

でも、利口な動きではなかったようだ。こういう場合は、慎重に動かなくては。

銃の男が激怒して叫んだ「伏せてろって言ってんだよ！」

目出し帽で顔は見えないけれど、口角泡を飛ばしたんじゃないかな。私は、西部劇で見たように両手を挙げて言った「お願い。その人の代わりに私を人質にして。その人、病気なの」

男は動きを止めた。人質を部屋の反対側に移動させていた他のふたりも、こちらを振り向いた。

「はぁ？」

「今あなたが人質に取った、その人のことよ。具合が悪いの」

強盗にじろじろ見られ、ちょうどいいことに、テスの体はますますガクガク震えた。これで私が本当のことを言っているように聞こえる。

男が私に近づいてきた「なんで病気だとわかる？」

「友達だから。糖尿病なのよ」

男は、目出し帽の下の目をぱちくりさせた。糖尿病がどんな病気なのか、知らないようだ。でなければ、深刻な病気ではないと思ったのかも。私は付け加えた「それにその人、アポコレプティック病も患っているし」

どんな病気なのか、自分でもよくわからない。もちろんテスは、そんな病気ではないのだけれど、深刻そうな病名に聞こえると思ったのだ。

男はまた目をぱちくりし唇をなめている。大丈夫かなと心配になるくらい奇妙ななめ方だ。

これまで比較的静かにしていた、三人目の男がようやく口を開いた「おい、発作なんか起こされたら面倒だぜ。そっちの女にしろ。丈夫そうだ」

そして、目出し帽の男はテスを乱暴に床に突き返すと、私の腕をつかんだ。こうして、友人につき添って店に来た私は、人質として身の危険にさらされることになった。

強盗は、私たち人質を追い立てて、まず物置に押し込んだ。それからふたりが私たちを、警察に気づかれないよう狭い通路へ連れ出し、そのあとさびだらけのポンコツのバンに乗せた。恐怖に震える五人の人質と一緒に、窓もドアも閉めきって悪臭のする汚いバンの車内に、私も押し込められた。人質と共にバンに乗ったふたりの強盗のうち、ひとりは銃を手にした男だ。最後のひとりは建物の中にいて、警察と電話でやり取りをしている。どうやら交渉をしているようだが、内容はわからない。

私は、バンに押し込まれた人質の顔を見回した。声を殺してずっと泣いている女がいる。男のひとりは、顔色が真っ青だ。一〇分もすると、男の顔から汗がどっと噴き出した。

銃を手にした男は助手席に坐っていて運転席の仲間の方を向いているが、銃口だけは私たちの方に向けている。

私はその男に言った「この男性ね、具合が悪いみたいよ」

男は私の方を向いた「何だと?」銃口が私の顔に向けられ、ぎょっとする。

「顔色がひどく悪いもの。吐き気がするんでしょうね」

蒼ざめた男性が、私に同意するようにうなり声を上げる。

運転席の男がこちらを向く「ちくしょう。そいつを外へ出せ。ゲロの後始末はごめんだぜ」

銃の男が、運転席の男をさっと振り返る「俺が銃を向けてるのが目に入らねえのか！　お前がやれ」

運転席の男は明らかに嫌そうな素振りで車を降りると、私のすぐ後ろのドアを開けた。身をかがめて蒼ざめた男へ手を伸ばし、えりをむんずとつかむと外へ引っ張り出す。私が、引きずられていく男の腕を支え、車から出やすいようにしてやる。

蒼ざめた男は、自分が目出し帽の強盗にとらえられていると考えただけで、とうとう限界を超えた。すぐさま前かがみになると、地面の上いっぱいに、フルコースの朝食と思える大量のものを吐き出す。目出し帽はぎこちなく後ろへ飛びのいて、吐かれたものが自分の靴に飛び散って来るのをすんでのところでよけた。

強盗は口汚い言葉を吐いて、気の毒なその男を再びバンに押し込み、勢いよくドアを閉めた。強盗が運転席に戻ろうとドアを開けたとき、私は銃の男に言った「この人に、お茶を飲ませてあげて」

銃の男が私を見た。銃口は私の顔に向けたままだ「なにぃ？」

「だって、ずっと具合が悪いようだったし、あぶら汗をかいてるわ。お茶を一杯飲ませてやってよ」

目出し帽から出ている口から、唾が飛んできた「お茶だとぉ？　おれはボーイか？」

運転席に戻った男が、銃を構えた男に尋ねた「今度は何だ？」

「このアマが、ゲロを吐いた男にお茶を入れてやれだと」

危うくゲロのとばっちりを受けそうになった男が言った「そのアマを撃て」

私と銃の男のどちらが、よりびっくりしただろう。

「やだよ、撃たないぜ！」

もうひとりがその男を、恐ろしく鋭い目つきでにらみつけたようだ――目出し帽をかぶっているから、よくわからない。

「いや、今はまだっていう意味だ。そんなの命令じゃないからな」散弾銃が少し震えている「射殺せよっていうちゃんとした命令を受けてからにする」

運転席の男は、両手でハンドルを叩いた「早く全員撃ち殺して、とっととずらかろうぜ」

人質の何人かが、はっと息をのんだ――すすり泣き始めた者もいる――銃の男は黙ったままだ。

膝の間に頭を垂れていた吐いた男が、うめき声を上げた。

「じゃあ、せめて水をあげて」私は小声で言ってみた。

「うるせぇ！」ふたりの強盗が同時に叫ぶ。私はあきらめて口をつぐんだ。

何時間か過ぎたが、強盗はまだ店と車とを行ったり来たりしている。運転手の男はときどき店内に戻り、三人目の男に指示を受ける。銃を手にした男はときおり車外に出てバンの周りに目を光らせる――それでも、バンから数歩以上は離れない。

銃の男が車外に出た隙に、ふたりの人質がひそひそと話し始めた。

「トイレに行きたい」

「ああ、俺も。もらしそうだよ」

そんな話はやめて。私だって、膀胱のことで頭がいっぱいなんだから。

銃の男が車内に戻っても、まだひそひそ話が続いていた。

こちらを見ることもせず、男は銃を振り回して叫んだ「黙ってろ！」ほとんど反射的に言っているだけだ。

私は、聞いてみることにした。ひょっとしたら、膀胱がそうさせたのかも「あのぉ、トイレ休憩はあります?」

そう聞いて、男はこちらを向いた「たった今、おれがなんと言った? だまってろって言ってんだ」

「ええ、ええ、わかってます。でもね、ここを汚したくないから言ってるんです」

二連の銃身が、私の鼻先に付けられる。

「だめだ。おれがこの引き金をひけば、それこそ汚れることになるぞ」

「はいはい、わかりました」私は身を乗り出すのをやめて続けた「だってね、あなた方がほとんど勝ったも同然なのに、どうしてこんなに時間がかかるのかと思って」

「いったい、何のことだ?」

「どうしてってね、あなた方、もうお金は手にしたわけでしょ?」

「ああ、それがどうしたってんだ?」

「それに人質だけど——誰も傷つけていない」

「今のところは」と男。厳しい表情だ。

「それで警察に何ができるっていうの? お金を返して私たちを無事に解放すれば、強盗未遂で済むじゃない。そんなに単純なのに」

ちょうどそのとき運転席のドアが開き、運転手が入って来た「何の騒ぎだ? こいつらを黙らせろ」

銃身が私の目の前で揺れ動く「おれたちが勝ったも同然だって、このアマが言うから」

運転席の男がこちらを向く「どの『アマ』だ?」

銃身が私の顔の前でピタリと止まる。

運転手はちらりと私を見てから、前を向いた「ああ、そのアマか。うるさいこと言いやがる。撃て」

「やだよ、撃たないぜ。とりあえず今は。だって、言ってることに一理あるからよ――金を返して人質を解放する。めでたしめでたしだ」

運転手が猛烈な勢いで言い返す「めでたしめでたしだとぉ？　銃を手に店に押し入って、金を盗んだんだぞ」

「だからね、返したらいいのよ」と私「店の敷地からお金を持ち出していないんだもの」

銃をひったくろうと、運転手が手を伸ばす「それを寄こせ。おれが撃つ」

幸い、もうひとりには銃を渡すつもりはない。取り上げられないよう必死になっている「このばか、やめろ。よく考えてみろ。今ならまだ、強盗未遂で済む」

「法律上の違いは大きいわよ」と、私も加勢せずにはいられない。

「うるせんだよ！」声を合わせて叫ぶのがずいぶんうまくなってきたふたり。

人質の男のひとりが、足で私をそっと突いた。そちらを向くと、男が頭を横に振る。少し離れたところからすすり泣きが聞こえたかと思うと、直後にちょろちょろと何か流れる音がした。少量の液体が、床を細長く流れてきた。

さっきは嘔吐、今度はこれだ。次は何だろう。

「おれが言いたいのは」と散弾銃男「人質を傷つけずに解放する。金も盗まない――そうすれば、ムショに入らなくて済むかもしれん。こんな状況じゃ、もう逃げられないんだよ」

「ムショにぶち込まれないって、なんでそんなことがわかる？」

「腕のいい弁護士に頼めばいいのよ」と私が声を上げる「ダブリンの最高法廷にいい人がいるの―

――その人なら、きっと助けてくれるわ」

散弾銃男が私を見た「ほんとか？　連絡先は知って――」

「黙れ！」

今度は運転手がひとりだけで轟音のような声を上げた。フロントガラスがこっぱみじんになりそうな勢いだ。

「ちくしょう、わかったよ」それから、散弾銃がちょっと間をおいて言った「なんだ、くせえな？」

三人目の強盗がバンに来たのは、ゆうに六時間は過ぎてからだった――制服姿の警官に囲まれている。警官を見て、これほど嬉しくなったのは、後にも先にもこのときだけだ。私の忠告に従ったのではないだろうけれど、強盗は正しい選択をした――警察に包囲され、脱出の望みがない状態に追い込まれ、ついにお金を返して人質を解放すると申し出たのだ。

警察から質問攻めにされ、医療スタッフに介抱されたあと（とはいえ、スタッフがしたことは、汚いものを片付けただけ）、私たちは正面入り口から出ても良いと告げられた。身を寄せ合って店から出た瞬間、目の前で無数のフラッシュがたかれ、割れんばかりの歓声が上がった。バンが何台も停められ、たくさんのカメラとマイクが待ち構えていたのだ――パパラッチだ。

歓喜の声を上げて迎える家族や友人の元へ、人質たちが向かって行こうとすると、マイクを手にした男が近寄って来て、顔の前にマイクを突き出す。どの人質も、うるさいなというようなことをつぶやいて通り過ぎる。みんなへとへとで帰りたがっている。インタビューに答える者などいない。人質が全員行ってしまうと、テスとドリスが叫びながら手を振っているのが見えた。そちらに向かおうとする私に、マイクを手にした男が近寄って来た「人質として囚われて、どうでしたか？　大変だったでしょうね」

ちょっと驚いて、私は男を見た「ええ、そうですとも――長い一日でしたから」

「わかりますよ――でもね、テレビカメラに向かってひとことお願いできませんかね。誰にもお答えしていただけなくて。お願いしますよ」

その後ろに、カメラを持った男と照明を掲げた男が忍び寄ってきた。私はため息をついて言った
「ええ、いいですよ」そしてカメラに笑顔を向ける。

向こうでドリスが、あきれたという様子で両手を宙に上げた。それから片手で、まったくレディらしからぬしぐさをしてみせた。

18　カウンセリング

ドリスががんで亡くなった。余命を告げられて何か月か患ったあと、病院で息を引き取った。

ときどき目を閉じて思い出してみる。これまでの人生で起こった様々な大事なこと、とんでもないこと、ぞっとするようなこと、それに楽しいこと――そのすべての瞬間に、ドリスがいた。いつも必ず。そんなことを思い出し、これからはドリスと分かち合うことのない人生を生きていくのだと考える。想像もできないし、過ごしたいとも思わない空っぽの人生を歩むのかと思うとむなしくなる。

夜になると、私は家を抜け出すようになった。それで少しは気が紛れた。音楽が演奏されている場所へ行き、腰かけて聞いて楽しんだりおしゃべりをしたりする。もちろん、仲間全員にとって、ドリスがいなくなってあいた穴は、決して埋めることができなかった。ドリスがいないということを、みんな痛いほど感じている。けれども、悲しみにひたってばかりはいられず、死を受け入れて、自分の人生をしっかり歩み続けなければならない。そんな気持ちの現れか、仲間の歌は以前より少し明るい調子になった。笑いはより辛辣に、会話にはより熱がこもるようになった。ドリスを失った寂しさは片時も忘れたことはないけれど、心の痛みは、少しずつ和らいでいった。

仲間と共に過ごしているうちに、私を救ってくれ、同時に破滅の道へと導くものに出会った。アルコールを飲み始めたのだ。

それまでも外出すると、人並にビールを一、二杯は飲んでいた。それまでと違うのは、以前は飲む必要がなかったということだ。羽目をはずしてビールやワインを浴びるように飲んだことは何度もある——それに、密造酒の一件は伝説になっている——でも以前は、飲んでも飲まなくてもどちらでもよかったのだ。お酒で悲しみを忘れられるとは、考えたことがなかった。ところが、心が石のように冷え切っていたある晩、誰かにブランデーを勧められた。ブランデーの温かさに包まれていると、ようやく、頭の中の悪魔を黙らせることができると感じた。何もない真っ暗な闇に入って行き、眠ることは無理でも、少しは休むことのできる、意識のない状態に入れるとわかった。

はじめのうちは、ときどき飲むだけだった——寂しさに、そろそろ限界が近づいてきたかなと感じる晩だけ——そんなとき、何も考えられない状態になるまでお酒を飲んだ。飲んでいるうちに、いい具合にすべてがぼんやりしてきて、ささくれ立っていた記憶があいまいになる。なんとか自分で家に戻りベッドに倒れ込んで、翌朝起きて子どもたちの世話を始めるまで、ほとんど意識のない幸せな状態でいられる。二日酔いでも子どもたちが気づくはずがない、と自分に言い聞かせて。

だけどもちろん、毎晩出かけることなどできない。それなのに、時間があるときだけ出かけるのでは、物足りなくなってきた。家にこもっている晩も、心の痛みをいやす方法を見つけなくてはならない。そんなわけで、ブランデーを家に持ち込むようになった。これで毎晩、いやなことは忘れられる。

新たな日課ができあがった。長い一日の終わりに、子どもたちと夫を寝かしつけたあと、キッチンの灯りひとつをのぞいて、家中の灯りをすべて消す。それからラジオかテレビのスイッチを入れ、お気に入りのイスに腰掛けてブランデーを飲み始める。はじめのうちは、鋭いかぎ爪が私の心をかきむしるのをやめるまで、坐って飲み続けた。そして、何も感じないもうろうとした状態に入っていけると感じたら、すぐにやめて二階へ上がりベッドに入った。

ところがしばらくするうちに、心の痛みを和らげるのにグラスに一、二杯では足りなくなってきた。痛みを取り除きたい。苦しみを抹殺したい。そしてイスに腰掛けたまま、意識がなくなるまで飲み続けるようになった。それでもしばらくは、翌朝子どもたちが二階から下りてくる前に起きていたので、私が寝床に入ってないと悟られずに済んだ。ところがそのうち、前日の洋服のままイスの上でだらしなくいびきをかいている姿を、子どもたちに見つかるようになってしまった。

そんなことがいつまで続くのかわからなかった。もしあのとき最悪の状態に至っていなければ、愚かにも、今も飲み続けていたかもしれない――だってドリスがいないことが、間違いなく当時と同じくらい今もつらいから。その頃の私は、生きているとはいえなかった。日中をなんとか乗り越え、夜は自虐的行為を繰り返した。そして、自分は悲しみを乗り越えようと努力しているし、誰にも迷惑はかけていないと思い込んでいた。けれども神と天使たちは、私が危険な溝にはまり込み、いずれは飲み込まれてしまうとご存知だった。だから、天からメッセージを送ってよこしたのだ。

音楽を聞いたり楽しいことをするために外出していたのに、しだいに不幸な結末を迎えるようになっていった。翌朝になると、前日の夜に何をしたのか思い出せない。友人から聞かされて、愉快な思いをし――恥ずかしい思いをしたこともある。前の晩どうやって帰宅したかわからないようになってきた。運転した記憶がない。玄関のドアを開けたのも思い出せない。そのうち、寝室のベッドにたどりつくことなく、玄関のそばのソファーに倒れ込んだのだ、と翌朝気づくようになった。床の上に寝ていたこともある。

とうとう、死ぬほど驚くような事態が起こった。

あの晩が、いつもとどう違っていたのかわからない——誰と一緒で、どれくらいお酒を飲み、なぜあれほど酔ってしまったのだろう。自分で運転して帰宅したと考えると、今でもぞっとする。相当ひどい状態だったにちがいない。

目覚めると、目はかすみ、体は寒さに縮こまっている。すり切れた靴下を飲み込んだみたいに、口の中が不快でたまらない。辺りを見回し、信じられない気持ちになる。まだ夜が明けたばかりだ——私は、戸口の上がり段に近い芝生の上に丸くなっていた。すぐ脇に車がある。運転席のドアが開いたままだ。

急に怖くなった。車で何かをひいてしまっただろうか？　途中で何かにぶつけた可能性は十分ある——木にぶつかったとか？　別の車に接触したとか？　ああ、人はひいていないといいけど？　ひょっとして子どもなんて？　もう吐きそうだ。運転して帰って来た記憶がない。まったく、覚えていないのだ。

体を起こすのに苦労しながら、やっとの思いで立ち上がり、車を調べた。見たところ、ぶつけた形跡はない。キーはついたままだ。雨でずぶぬれになったように、どういうわけか洋服が湿って体に貼りついている。

いったい何が起こったのか、二日酔いのぎこちない手つきで体を調べる。ひどい状態だ。吐いたことがわかる。失禁もしていた。

踏み段に坐ってかがみこむと、激しくむせび泣いた。思い切り泣くことで、それまでずっと抑え込んでいた深い悲しみをすべて吐きだし、アルコールでせき止めていた大量の涙を流れるままにした。しばらく待って気を落ち着けてから、車からキーを抜いて家に入った。なるべく音を立てないように気をつけながら、やっと我慢できるくらい熱いシャワーを浴びる。それから階下へ下り、コーヒーポットでコーヒーを入れた。マグカップを何度も空け、すべて飲んだ。吐き気を催すたびに一杯注ぎ、口から無理やり流し込んだのだ。

それから、なるべく静かに車に戻り発進させた。行き先は決まっている。

朝のラッシュがちょうどピークになる頃、マウント・アーガス教会に到着した。迷わずそこを目指して来た——マウント・アーガスは、私のように問題を抱えた人間が訪れる場所だ。教会内に入るドアはまだ開いていなかったので、修道院の受付へ向かい、誓いを立てたいと修道士に申し出た。

修道士は私の目をまっすぐ見ると瞬きもせずうなずいて、私を狭い待合室に連れて行った。それから司祭が入って来て、私たちは数分間話をした——私は、これまでどんなことがあり、自分が何をしてしまったか手短に説明し——それから、ロザリー数珠を片手に持ち、もう一方の手を聖書の上に置いて誓いを立てた。神と天、天使たち、それに聞いてくださるすべての方々に誓います。これから先、もう一生お酒は一滴も飲みません。

年配の優しい司祭だった。誓いが終わると、私の手を取った「おわかりですね。この誓いは始まりにすぎないのです。まず、あなたがお酒を飲むようになった原因を解決しなくてはなりませんよ」そう言いながら、一枚のカードをくれた——精神科のカウンセラーの名刺だった。

受け取ったものの、破り捨ててしまいたかった。それまでの人生で、人の頭の中を探ろうとするカウンセラーや臨床心理士、セラピストや精神分析医など、そのたぐいの人間には良い印象を持ったためしがなかったから。セラピーに通っている人の話をいろいろ聞くけれど、カウンセリングルームのソファーに腰かけて子ども時代のことをダラダラ話すだけだというし。そんなのまったく無駄で無意味なことだ。

　ところがその晩、まるで魂を燃やすために必要なオイルのように、アルコールが欲しくてたまらなくなった。長い夜がようやく明け、私は、誰かの助けを借りなければ、誓いを守ることはできないと悟った。もらったカードの女性に電話をする。ルースだ。

　正直なところ、初めの頃のカウンセリングは、断酒と同じくらい苦痛だった。まったく無駄なことをしているのではないかと絶望的になり、来る日も来る日も、飲むことと断酒することのどちらが苦しいのかわからなくて苦痛にもだえた。きかっけが何だったのかはわからない。けれどもルースは、どうにかして突破口を開いてくれた。忘れたふりをしていた悲しみがどっとあふれ出てきて、私の顔を正面からぴしゃりと打った。自分は悲嘆にくれているとばかり思っていた。それなのに、このひどい状態に陥ったのは、悲しみに直面するのを拒んでいたからだとわかった。悲しみから逃げ出さずに、悲しみを抱えて生きていかなければならないとそのとき悟ったのだ。悲しみから身を隠すことのできる場所などない。お酒の瓶の中には、私を救ってくれるものも、私に優しくしてくれるものも、どんな形の救いも癒しも存在しない。自分の中にあるそういうものを、自分で見つけなくてはいけないのだ。

　つまり、ルースのおかげで、私はドリスの死と向き合うことができた――ルースが私を救ってくれた。

　いつかは私もあの世へ行く。向こうでは、ドリスが待っていてくれる。ドリスに再会したらまず、私をこんなに苦しめた罰として横っ面を張ってやる。ドリスったら、ほんとにもう。だけどその楽しみは、しばらくとっておこう。

19　ピープルオブザイヤー賞

二〇一〇年、わが家の近隣では、いろいろなことが変わりつつあった。うちのすぐ近くに、大きな邸宅がある――実際は、二件の長屋をつなげて一軒家にしたものだ。長い間この家には、ある修道会に所属する修道女が住んでいた。私は、何度か別の修道女とけんかをしたこともあるけれど、この家の人たちは違った。善良で近所との関係も良好だ。それなのに残念なことに、大きな家に住むには人数が少なすぎるという理由で、別の場所へ引っ越してしまった。

そこが空き家になったあと、近所に住む私たちは、町議会の方針を聞いて衝撃を受けた。ドラッグやアルコール依存症の人のためのグループホームにするというのだ。すぐ近くには小学校がある――家の前をたくさんの児童が、毎日往復するというのに、である。

人生をやり直すチャンスは、すべての人に少なくとも一度は――いや、場合によっては二度も三度も――与えられるべきだ。私はそう思っている。だから、ドラッグやアルコール依存症を患っている人のためのグループホームを開設することについては、何の異論もない。でも、近隣の他の住民と同様、この地域に、このホームを設置することが問題だと考えている。

どうしてかって？

そこは、居住者にドラッグやアルコールを禁ずるホームではないと知らされたのだ。そういうものを禁ずるホームなら、居住者が酔っていたりドラッグを使ったりした場合、追い出される。でも、ドラッグやアルコールを認めるホームでは、使用しているかどうかは関知しない。町議会は、かつて修道女たちが住んでいた家を、このたぐいのホームにしようとしている。ホームでは、依存症から立ち直ることができるかどうかは、居住者自身に任されることになる。いちばん気にかかったのはその点だ。

次に気にかかる点は、そこに住むことになる人たちの出身地だ。私の住む地域には依存症の人が多い。だから、ホームの居住者の家族がすぐ近くに住んでいるということになるのは、まず間違いない。幼いジョニーやサリーが、父さんや母さんがホームの外のイスに腰かけているのを登校途中に見かけるなんて、良いことのはずがない。しかもそのホームが問題を抱えた人のためのものだと、みんな知っているのだからなおさらだ。いろいろな意味で、ホームは自宅に近すぎるのだ。

近所の人たちと集まって話し合いをするたび、早いうちに食い止めなければ、と私たちは決意を固めた。ついに、近所の若者ジョナサンと私が主催して、わが家のキッチンで定期的にミーティングを開催するようになり、関心のある人は誰でも参加できるようにした。そしてこの集まりを、リスケイン活動グループと呼ぶようになった。町議会に押しかけて行っても、代替案を提案しないまま計画を中止するようにと言ったところで何の意味もない。だから長い時間をかけていろいろ調べ、依存症の人たちを一緒に住まわせて世話をする、他の計画を練った。私たちの活動に注目してもらうため、抗議行動を計画し集会を開いた。主張を広く知ってもらうため、ポスターやプラカードを作り、車の流れを止めてデモ行進をした。

ある晩、ミーティングが終わった後、ジョナサンと私は、力を貸してくれる政治家はいないものかと思案していた。私はすでに、ある下院議員が力になってくれるかもしれないと目星をつけていた。

フランシス・フィッツジェラルドは、かつてダブリン南東地区選出の下院議員だった。現在は上院議員を務めている。次はダブリン中西地区から再び下院選に出馬しようとしていた。私は、この人物について多少は知っていた——かつてはソーシャルワーカーをしていて、子どもを持つ家族のために活動をしていたこともある。この人なら、政治的な影響力もあるし、味方になってくれるかもしれないとジョナサンに話した。

夜十時ということもあり、相談もそこそこに電話帳をめくってフランシスが住んでいるだろう場所から当たりをつけ、それらしき番号を見つけた。電話をすると、本人が出た。

無駄なことはいっさいしゃべらず、単刀直入に本題に入る。デモ行進がマスコミに取り上げられていたおかげで、幸いにもフランシスは、私たちの置かれている状況を理解してくれていた。私はきちんと順を追って、活動グループがどういう理由で、何をしようとしているのか説明した。私たちが、無慈悲で自己の利益ばかりを守ろうとする、嫌な連中ではないことをわかってもらわなくては——実際、あれこれ調査をして、依存症の人たちにもっとふさわしい場所と施設を探しているということも。彼らには助けが必要だし、援助を受ける当然の権利があるということは、活動グループの全員がよくわかっている。ただ、この近隣にホームを開設するのが得策でないと言っているのだ。

フランシスは話をよく聞いてくれた——もちろん、いろいろと質問されたけれど。その晩電話を切るときには、力を貸すと約束してくれた。これこそ、民主主義！

フランシスは約束を守った。ミーティングに来てくれるだけでなく、デモ行進にも参加してくれた。彼女がプラカードを掲げて歩くようになると、私たちの活動が注目されるようになった——マスコミはフランシスの話に興味津々なのだ。彼女が加わったことで、私たちの活動の知名度はぐんと上がり、地元で同様のホームの開設を阻止しようと、私たちと同じような活動をしている住民グループが、アイルランド中から連絡してきた。

誰かが町議会に質問した。どうしてもっと裕福な地域ではなく、こんな労働者階級の住む地域が（しかも、よりによってこの地域が）選ばれたのか。

その答えは？

労働者階級の住む地域なら、住民からの抵抗が最も少ないと考えたからなのだ。ああ間違いだった、と思わせてやるから見ていなさいよ、とまで言うつもりはない。とりあえず、今のところは。

私たちはできる限りクロンダルキン町議会の会合に出席し、積極的に議論に加わった。フランシスも必ず来て加勢してくれた。先に書いたように、私たちは依存症の人たちのためのホームについて調査していた。他の地域で成功している事例を取り上げ、どのようなやり方をしているのか調べた。ところがホームの開設計画は、まるで砂漠の砂のように形を変えた。私たちが問題をひとつ明確にして解決策を提案したとたんに、その問題が、今度は別の角度から見直されるのだ。計画はしだいに、依存症の人のためではなく、ホームレスの人々のグループホームの様相を帯びてきた。会合でも、ホームレスを立ち直らせるという言葉を聞くようになっていった。

もしそれで状況を改善しようというのなら、まったくのおかど違いだ。何人ものホームレスの人と接してきたけれど、彼らを依存症の人と同じホームに収容するなんて最悪な方法だ。そこで、他の地域にある、団地をホームレスのための居住施設に作り変えたところを、ジョナサンと私が見学して歩くと、素晴らしい収穫があった。ホームレスの人々の多くは、アルコールにもドラッグにも、まったく興味がないことがわかったのだ——ただ単に、普通の人の生活レベルよりずっと低いところまで、落ちてしまっただけなのだ。すべてを失くした人たちだ。何もかも。定職に就くには住所が必要だ。この人たちを路上生活から脱出させようと、依存症の人の中に放り込んでも、元の状態に引きずり戻されるだけだ。

この点について町議会の会合で、できるだけわかりやすく説明した。細かく説明しすぎて聞いている人をうんざりさせないよう注意しながら、私の人生のほとんどを費やしている、里子の養育についても（他に適切な説明方法が見つからなかったので）触れた。とりわけ注目すべきは、当時ダブリンで路上生活をしていた人たちの多くが、里親に育てられた過去があるという事実だ。十八歳になるとソーシャル・サービスの支援を受けられなくなり、里親家庭からも出なければならないという制度が、大きな問題になっていた。十八歳になったら、はいそれでおしまい。もう里親には頼ることができない。大学へ進学するか職業訓練を受けるのか、相談にのってはもらえる。でもそれ以外は、すべて自分でしなければならない。

うちでは、この子は社会に出すにはまだ早いと判断したら、十八歳を過ぎても家に置いている。私は、ソーシャル・サービスから金銭的な援助はいっさい受けずに、自腹を切って世話をしてきた。でも、そんなことのできる里親はほとんどいない。だから、大学に進学したり職業訓練を受ける準備ができていない子どもたちが——あるいは準備ができていても——することもなく住む場所もない状況に追い込まれる。そこから路上生活へと落ちるのは簡単だ。だから私にとってホームレスの問題は、身近なことだ。

ついに、最終決定はタラにある議会事務局でなされると、連絡が来た。そこで、数人で事務局へ出かけて行った。ところが、事務局の会合は、わが町のものとはまったく違う――みんなお高くとまっていて、納税の義務のある有権者としかみなされない私たちは、議場の二階席に坐らされた。オブザーバーにさせられた私たちは、議事が進行する中、意見を言うことも、どんな形で参加することも認められない。幸いフランシスだけは同席を許されたので、主張を代弁してもらうことはできた。

議場で議員たちのたわごとを聞いても何も言えないなんて、どんなにもどかしい思いをしたか、想像してみて欲しい。議員が審議していたことは、（a）ホームレスの人たちの扱い。何が問題で彼らが何を必要としているのか、議員たちにはまったくわかっていない。（b）開設場所は私たちの地域で良いか。近くに学校があり、多くの子どもたちがホームの前を通るということは、まったく考えていない。それでも私は、じっと坐って聞きながら、何も言わずに黙っているつもりだった。

そういう人たちを、グループホームに入れることがいかに名案であり、効果があるということはすでに実証済みだと、ついに、なんとも傑作な人物が話し始めた。

もう耐えられない。礼儀作法なんて、どうでもいい。

私はすくっと立ち上がって声を上げた「ばかなこと言わないでよ！　タラの例をご覧なさい。団地をホームレスの人の施設に作り変えて、立派に成功してるわ」

それを聞いた議場の人々の表情といったら！　まるで私が二階席から身を乗り出して、彼らの頭の上に尿瓶の中身を空けたみたいな顔だ（うん、それも悪くないかも）。

議場は大騒ぎになり、二階席に警備員が上がってきて、私は、坐って静かにしているように注意された。

結構。ここですべてを台無しにしたくはない。だから腰を下ろして、もう口出しをしないと約束した。そして、その通りにした。ただし、別のろくでなしが、まぬけなことを言い始めるまでだけど。私は、再び立ち上がり抗議の声を上げた。だって、意見を言うことも、主張を聞いてもらうこともできないなんて、そこにいる意味がないでしょ？

そして、議場からつまみ出された。

最終的に私たちは、議員が気づいていなかった点を指摘することができた。高齢の修道女が多かったため、その家の中は車椅子で移動できるようになっているという点だ。議員たちも、はっとしたようだ。だったら、特別な支援が必要な人たちが住むのはどう？　それなら、みんな賛成だ。ついに、あの家を依存症の人たちのグループホームにも、ホームレスの人々の居住施設にすることも取りやめると町議会が発表すると、リスケイン活動グループは正式に解散した。

本当に嬉しい勝利だった。フランシスや他の多くの人たちが膨大な時間を使い、靴底をすり減らして努力してくれたおかげだ。フランシスは、いろいろな面で私に似ている。何か問題が起こると、中へ飛び込んで修復しようとする。でも私とは違い、賢明に立ち回るし、無鉄砲なことはしない。まったく異なるやり方をするふたりが力を合わせて問題解決にあたれば、強力な力を発揮できると感じた。実は、その頃フランシスは、私の将来を変えてしまう重大な計画を進めていたのだが、私には知る由もなかった。

その年の素晴らしい勝利を収めた後の八月、私が、友人と子どもたちが大勢乗り込んだバンを運転していたときのことだ。毎年恒例の家族旅行で、カーハサヴィーンで開催される音楽祭に向かっていた。クロンダルキンからケリー州までは長距離ドライブだ。慌ただしく鞄に着替えを詰め込み、子どもたちに食事を取らせ、犬の散歩をし、ガソリンタンクを満タンにして出発し、何度もトイレ休憩をしながら進んでいた――もうすっかりくたくただ。それに、あらゆることがスムーズに進まず、予定から大幅に遅れていた。運転しているうちにお腹もすいてきて、いらだちが募っていた。

携帯電話が鳴った。子どものひとりが電話に出て、ハンズフリーにしてくれる。感じの良い若い女性の声が、何やらまくしたてている。特別な支援が必要な人々を援助する慈善団体リハブについて、クイン保険や国営テレビ局について、それに九月に放映される予定の重要な番組について。どうやら、今年のピープルオブザイヤー賞*の話のようだ。もちろん、その番組なら聞いたことがある。毎年放映されるからだ。でも、私にどんな関係があるというの？　どうして私にそんな話をするのか、まったくわからない。

* アイルランドの慈善団体リハブが主催する賞。いくつかのカテゴリーがあり、その年に最も活躍した個人に贈られる。著者は、特設された「インスパイアリングマムオブザイヤー賞」を受賞した。

女性はようやく用件を告げた「それでね、ホガーティさん。フランシス・フィッツジェラルドが、ある賞にあなたを推薦したんですよ。そして、あなたが受賞しました。九月に授賞式があります」

ひょっとして女性は「月はグリーンチーズでできていて、あなたはネズミの女王に選ばれました」と言ったのかもしれない。それくらい、わけのわからないことに聞こえた。おまけに、曲がるのにとても気をつかう交差点に差し掛かっていたので、女性の話はほとんど聞いていなかった。

「え、何ですって？」

「フランシス・フィッツジェラルドがあなたを推薦したんですよ。あなたが、マザーオブザイヤー賞を受賞したと言っているんです」

そこまで聞いてようやく、誰かにからかわれていると気づいた。誰かは知らないが、今はそんな気分ではない「あのねえ、そんな話にはだまされませんから」電話を切った。

それから数日の間、女性は何度か電話をしてきたけれど、私は無視し続けた。そんなばかげた話は、聞いたことがない。それに、私をかつごうとしているのが誰なのか頭を悩ませて時間を無駄にしたくはない。犯人がわかったところで仕返しをすればいい。


その数週間後。巨大な式典会場に私はいた。そこは美しく着飾った人々であふれている――その中には、偉業をなしとげた人や著名人もいる。私は、家族と共にテーブル席についていて、すぐ脇にはフランシスがいる。フランシスが私を推薦したのは本当で、私の受賞も本当だったのだ。電話を受けたときは、現実のこととは思わなかったし、そうやって授賞式を見ている間も、夢を見ているようだった。

夫のヒューイも来ている。息子のパトリックに妻と子どもふたり、娘のグウェンに夫と子どもふたりも一緒だ。それに、グウェンの娘は自分の娘、つまり私の初曾孫も連れている。おまけに、わが家の六人の里子も連れて来た。そして、すぐそばにドリスもいると私にはわかっていた。会場が大きくて良かった。

電話で受賞を知らせてくれた女性には感じの悪い態度を取ってしまったけれど、実際の受賞式は感動的だった。まず、私と子どもたちの日常を紹介する映像が流れ、次に私の名が呼ばれて、私はステージに上がった。テーブルからステージまでの距離が、なぜかとても長く感じられた。もっとも、階段を登ってステージに上がるまでのこれまでの人生の道のりは、確かに長いものだった。

受賞した後の生活は、せわしないものになった。もちろん、私の生活はいつだってせわしなかったけれど、それとは次元が違う。まず、新聞の取材を受けるようになった。それに、テレビのインタビューもある。取材班がわが家のキッチンに陣取って、私の『典型的な一日』を追う。私がじゃがいもの皮をむいている姿を、視聴者が喜んで見るなんて驚きだけれど、実際にそうなってしまったのだ。

今では、どこへ行っても誰かが近づいてきて、子どもたちの様子を尋ねてくれる。子どものしつけについてアドバイスを求められることもある。特に多い質問は、どうやったら里親になれるか、というものだ。

善良な里親家庭は必要だから、これは喜ばしいことだ。里親はもっともっと必要なのだ。私はいつもこうアドバイスしている――子どもを助けたいという理由で里親になりなさい。母親や父親と思ってもらいたいという理由で里親になってはいけないのです。生涯愛されたいという理由でもいけません。里親は、愛されないこともあるのです。それでも、何があっても、常に最善を尽くさなくてはなりません。子どもには親だと思ってもらえないことの方が多いのです――なぜなら、子どもにはすでに

2010年ピープルオブザイヤー賞授賞式。左からフランシス・フィッツジェラルド、私、アイダン・ウォーターストーン（昔からの友人でソーシャルワーカー）、キャサリン・マクギネス（元最高裁判所判事）、メアリー・ファナフィン（観光文化スポーツ省大臣）

母親や父親がいるからです。子どもが、実の親と健全な関係を保つことができるよう力を尽くすことも、里親の仕事なのです。里親というのは、自分が必要とされなくなることが究極の目的の、数少ない仕事のひとつです。それ以外の目的で里親になるとしたら、間違っています。

受賞は、私の人生をあらゆる面で変えてしまった。おかげで以前より目立つようになった。子どもの権利を守るよう主張している人物とみなされ、その方面の公的部門に関わるようになった。人々に助言を与える立場にもなった。

今では、様々なことについて人に意見を求められる。そして、みんな私の意見を聞いてくれる。ようやくそうなったのだ！


一四〇人の子どものうち、本書で描いたのはほんの一部だ（娘のグウェンによると、うちに連れてきた路頭に迷う子どもをひとりひとり数え上げれば、子どもの数は二百人にのぼる）。本書に話を載せられたくないという子もいる。もちろん、語るのに差しさわりのあるエピソードもある。でも重要な話、つまり、ひどくショックを受けたことや大笑いするような冒険談などは、ほとんどすべてここに記した。

過去に世話をした子どもから今でも連絡があるかと、よく人に尋ねられる——彼らが、今も私を家族と考えているのかと。どう思われているのかは知らないけれど、大半の子どもたちは、ときどき連絡を寄こしてくれる。

リリーはまだわが家いて、大学に通っている。リリーの姉のふたりは成人して立派な仕事についた——ひとりは弁護士で、もうひとりはソーシャルワーカーだ。チャーリーは結婚して子どもが三人いる。うちからそう遠くないところに住んでいて、ときどき訪ねて来る。ローズはニュージーランドに移住して、集中治療室の看護師になり活躍している。母親も移住し、娘と共に暮らしている。ジーニーは大学を卒業し、やり手のキャリアウーマンだ。フランス人の兄弟からも、ときどき便りがある。ふたりとも結婚し、ひとりはポルトガルに、もうひとりはフランスに住んでいる。トレバーは成長して好青年になった――ダブリンで良い仕事についていて、かわいらしいガールフレンドがいる。

シャロンは、ある晩友達と映画に行くといって出かけ――そのまま二年間戻らなかった。もちろん、手を尽くしてあちこち捜した。すると、ボーイフレンドと同棲しているとわかった（長続きしなかったけれど）。居場所を突き止めたことを本人に知らせたけれど、どうでもいいという風だった。二年間の冒険のあと、わが家の玄関にまた現われた。お金が必要になったのだ。それから半年ほどして、またいなくなった。そんなことを数年間繰り返した後、カナダにいる母親の元へ行くことに決めた。ふたりの再会がどんな様子だったのか、想像もつかない。最後に連絡を寄こしたのは、アラスカからだ。またいつか、お金が必要になり、行くところがなくなったら、たぶん戻って来るのだろう。シャロンはいつもそんな調子だ。

ピープルオブザイヤー賞授賞式。
娘のグウェンと。

数年前、真夜中に電話が鳴ったことがある――オーストラリアからだ。フィングラス・マーケットからわが家へ連れ帰り、数週間滞在させた男の子だった。職を求めてオーストラリアへ渡り、稼いだ分をすべて飲んでしまい、路上生活をしていて逮捕されたのだ。いつか何かの助けになるだろうと携えていたのが、私の電話番号だった。何年も持ち歩いていたようだ。留置所を出るのに十分な額を電信で送金してやり、向こうにいる友人に頼んで面倒をみてもらった。最後の連絡によれば、今もオーストラリアに住んでいて、きちんと仕事をし、ようやく落ち着いたようだ。

こんな風に、私の子どもたちの多くは連絡を寄こす——けれども、まったく音信不通となった子もいる。でもそれでいい。だって大切なことは、あの子たちがひとり立ちできるよう手助けすることなのだから。

フランシス・フィッツジェラルドも好調だ。二〇一一年に下院議員に選出されたのち、入閣した。児童青少年省の初代大臣に選ばれたのだ。現在も、子どもの権利を守ることに力を注いでいる——この人は、ずっと子どもの味方をし続けるだろう。フランシスの尽力のおかげで、里子は二十三歳まで経済的な支援を受けられるようになった。私とフランシスは、強力なコンビといっていいかもしれない。

町議会は、修道女の邸宅をグループホームにせず、もとどおりに分割して二軒にした。特別な支援が必要な子どもを持つ、善良な家族が住んでいる。あの人たちが近所にいるのは、本当に喜ばしいことだ。

近ごろ、いったいどうしているのかと、よく私は尋ねられる。まるで私が引退したかのような言い方だ。引退どころか、今も五人の子どもと一緒に住んでいるのに。ひとりは、もう大人になったリリー。しばらく前にうちに連れてきた双子、それに、以前からわが家にいてその後出て行き、またもどって来た少年。それから、かつての里子の娘がひとり。

そう、その子たちの話はまだしていない。だって、今も進行中だから。数年後にまた私をたずねて来て欲しい——そのときお話ししよう。

エピローグ

七十六歳の誕生日に、運転免許を更新することにした。

ちょろいものだ。免許センターに行き、視力検査をした後、いつもどおりつまらない講習を受けた。

これですべて完了と思ったとき、カウンターの若い男性職員が立ち去ろうとする私に声を掛けてきた
「ここに、大型トラックの運転資格と書いてありますが」まるで何かの間違いだというように、その文字をじっと見つめている。

「その通りですけど」

職員は、顔を上げて私を見た「ご冗談でしょう。あなたが大型トラックの免許をお持ちだなんて」

「もちろん、持っていますとも。しかも、四十年間もね」

職員はキーボードを叩いて何やら入力した「その免許は更新できません。今日は普通免許だけです」

まったく、何ばかなこと言ってんのよ。

そう言ってやりたかった。

でも、つとめて穏やかな口調でこう言った「いったいどうして、更新できないというのですか？」

「どうしてって、もう七十六歳だからですよ」

「年齢が、免許とどういう関係があるんですか？」

信じられないという様子で、男性が私を見つめる「その年齢で、大型トラックの運転はないでしょう」

ああ、若さゆえ、自分が何を言っているのかわからないのだ。

「大型トラックの運転免許なしで帰るわけにはいかないわ。冗談はよして」

常に自分が正しいと思ってはいないし、威圧的な言い方をしてもいないけれど、その職員には、相当頑固な女だと思われたようだ。

「上司を呼んできます」

「ええ、そうしてくださいな」何を考えているのだろう？　上司と話すのを、私が恐れるとでも思っているのだろうか？

数分して職員がもどってきた。上司も一緒だ「ホガーティさん」上司が口を開く「あなたの年齢では、大型トラックの免許を更新するわけにはいかないんですよ」

「言わせてもらいますけどね、私は四十年前にこの免許を取るために、ベルファストまで行ったんで

夫のヒューイと。結婚五十周年記念日に。

すよ。だってね、あなた方が女性に免許を取得させなかったから」周りの人々が聞き耳を立てている。その方がいい「それなのにあなた方は、今度はその免許を取り上げようっていうんですか。そんなことさせませんからね」

「ホガーティさん、現実を見てくださいよ。トレーラーを最後に運転したのはいつですか？」

私は即答する「三週間ほど前です」

上司は、湿って冷たいぼろきれで顔面を殴られたような、なんともいえない表情になる。冗談を言っているのではない。本当に、トレーラーを運転したのだ——園芸の仕事をしている弟を連れて花の苗を仕入れてきた。

私たちは、しばらくにらみ合った。上司は目をそらすと、コンピュータのキーボードを叩く。しばらくして言った「どうしても更新するとおっしゃるなら、テストを受けていただきます」

今さらテストだなんて、とあきらめるだろうと、この世間知らずの上司が考えたとしたら、まったくのおかど違い「ええ、結構よ」

その返答に上司は面喰った「結構、というと？」

「ですからね、結構ですよ、テストを受けますから。で、どこで受けたらいいんです？」

その上司が驚いている様子を見るのは、本当に気分がいい。

コンピュータの画面に目を移し、何やら調べている「正午に間に合うように試験場へ行けば、今日受けられます」

「ああ良かった。それで、どちらへ伺えばよろしいの？」

上司は、この高慢ちきなおばあちゃんにうんざりしている。私を試験場へやってしまえば、少なくとも自分は解放されると思っているようだ。行き方を聞いて、私はダブリン西部の郊外にある、大型トラック免許の試験場へと向かった。

私はこれまで一度も、ジャージ姿でだらだらと過ごしたことはない。伸縮性があり履き心地抜群のニットのスラックスさえ、履いたことがないのだ。外出するときは、外出用の格好だ。近所へ買い物に行くにも、おつむがからっぽのばか者に文句を付けに行くにも、念入りなおしゃれをしていく。免許を更新する日、私は、金色の刺繍をほどこしたひざ下丈の茶色いドレスに揃いのジャケットを羽織り、首にはパールの長いネックレスをして、カールした髪をセットしてピンで留めていた。ほれぼれするくらい麗しかった。

服装に似合いのバッグを腕に下げ、身長一五八センチの小柄な私が試験場へ堂々と歩いて行き、テストを受けにきたことを告げる。

若い男性職員は一瞬あっけにとられたあと、にっこりほほ笑んだ「七十六歳の女性がテストを受けに行くからと連絡がありました。あなたのことですね？」

職員は嫌がる様子もなく、むしろ楽しんでいるようだ。あっちの職員よりずっといいわ。

これからトラックの運転席に乗り込んでテストが始まるというときには、見物人が集まっていた。ちょっと頭のいかれたおばあちゃんが、大型トラックを運転しようというのだから。

ひとつだけ、職員に頼んだ「ねえ、みなさん。私、もう若くないんですよ――昔ほどさっと動けないの。運転席に上るのに手を貸してもらえません？」

若い男性がふたり前に出た「もちろんです」と言いながら、運転席に乗り込む私に手を貸してくれる。もちろん、これは年齢のせいなどではなく――おしゃれなドレスにハイヒールでは、トラックによじ登るのに一苦労なのだ。

そして、どうにか運転席に納まった。それまでの受験者でいちばんおしゃれだったに違いない。テストが始まった。試験官は無言だけれど、私がギアを入れテストコースに向かって発進させると、かすかに微笑んでいるのがわかる。リラックスした雰囲気でテストが始まった。

ある地点まで来て、試験官が口を開いた「ここは狭くなっています。片側に寄りすぎたりバックしようとすると、壁にぶつかりますす。そしたら自動的に不合格になりますから」

「わかりました」私はゆっくりと時間をかけ、かすりもせず通り抜けた。

事務所のある場所へ戻ると、テストを開始したときより見物人が多くなっている。私がトラックから降り立つと、試験官が見物人に親指を立てて見せた——合格だ——わっと歓声が上がった。

若い女性が叫んだ「ありがとう、奥さん！」

どうしてお礼を言われるのかた尋ねると、こう答えた。

「合格するかどうか、みんなで賭けをしたんです。でね、勝ったというわけですよ！」

ご冗談でしょう。

それに、私がテレビに出演していたあの女性なのかと、誰かに尋ねられた。その点も、賭けの対象になっていたに違いない。私は答えた。そう、私が、テレビに出ていたあの女性です——大勢の子どもを養っているということでね。ちょっとした有名人に出会うことができて、見物人たちは嬉しそうだ。何人かが、コーヒーをごちそうさせて欲しいと言って聞かない。コーヒーだけのつもりがランチになり、それから、大型トラックを運転し子どもを育ててきた人生について、長々と話をすることになった。免許の更新に、半時間ばかりのつもりで出てきたのに、結局、半日がかりの外出になってしまった。

大型トラックの免許を手にした私は、最初の事務所に戻ってあの上司の鼻先に免許証を突き付けてやりたい気持ちをぐっと抑え、ミニバンに乗り込むと家路についた。

実は、少々機嫌が悪くなっていた。試験場でのちょっとした騒ぎは、まったく予期していなかったので、あれほど注目され——つまり、有名人とみなされたことを、果たして喜んでいいのかどうか、わからなくなったのだ。他の多くの人たちのように、何ごともない普通の日々を送ることは、もうできないのだろうか。

ピープルオブザイヤー賞を受賞して世間の注目を浴びたことが、うらめしくなってきた。ラジオのインタビューを受け、新聞に取り上げられ、テレビに出演した——そんなことがすべて、プライバシーの侵害にあたるように思えてきた。正直なところ、すべてを後悔し始めていた。

そのときふと、頭に浮かんだ。ドリスなら、な

曾孫のコートニーと私。

んと言うだろう。

きっと、私に身を寄せて、背中をバシンと叩いてこう言うに違いない「受賞？　そんなのどうでもいいじゃない、リオ。どのみちいつもせわしない生活だったでしょ。何事も起こらない普通の生活なんて、ありえなかったわ。何をしても予想外の結果になったじゃない。自分がしてきたことを、他人のせいにしないこと。それで……今度は何をするつもり？」

私はにっこりほほ笑んだ。そして運転しながら思った。確かに、その通りね。

さて、次は何をしよう？

訳者あとがき

四十年以上に渡り、一四〇人を超える子どもを自宅に滞在させ、世話をしてきたアイルランド人女性リオ・ホガーティ。幼少の頃から、困っている友達を家に連れ帰っては、せっせと面倒をみていた。大人になってからは、万引きを繰り返す少年や路上生活をする子ども、体に障がいがある子ども、身勝手な親から見放された子ども、そのすべてを分け隔てなく引き受けて自宅で生活させ、自分の子どもと同じように世話をする。学校へ通わせ、宿題をみてやり、高校を卒業すれば職業訓練校に行かせたり、職を探してやったり。しかも費用はすべて彼女が負担している。私利私欲はまったくなく、目の前にいる、困っている子どもを助けたい一心の行動だ。子どもたちのためなら権威にもたてつくし、人助けのため強盗にも物申す。アイルランドの肝っ玉母さんだ。

本書に出てくる「ピープルオブザイヤー賞」は、人に喜びを与えた人物や人助けに尽力した団体などに贈られ、複数のカテゴリーに分けられている。リオが受賞した「インスパイアリングマムオブザイヤー賞」を日本語にすれば「今年、人々に感動を与えたお母さん賞」といったところだろう。受賞後、リオのそれまでの人生を描いた「A Heart So Big」が出版された。ノンフィクションライターであり、リオの友人でもあるメーガン・デイが執筆に協力した。本書は、アイルランドでベストセラーとなったこの原書の邦訳である。

本書には、修道院が運営する児童収容施設での虐待が記されている。かつてアイルランド国内に点在していた同様の施設マグダレン洗濯所でも、数多くの不運な未婚女性が無給で酷使されていたことが、書籍や映画で描かれ、話題になった。これらはすべて過去の話であり、現在ではその種の施設で虐待は行われていないと信じているし、日本の同様の施設ではあり得ないことと考えている。

本書を出版するにあたり、作家の石原悟先生に大変良くしていただいた。この場を借りて御礼を申し上げたい。また、編集の労を執ってくださった未知谷の飯島徹氏にも心から御礼申し上げる。

二〇一六年四月

高橋　歩

たかはし あゆみ

新潟薬科大学准教授。英国バーミンガム大学大学院博士課程修了。専門は英語教育。留学中に旅行したアイルランドにすっかり魅了され、毎年現地を訪れている。

スーパー母《かあ》さんダブリンを駆《か》ける
一四〇人の子どもの里親になった女性の覚え書き

二〇一六年五月 十 日初版印刷
二〇一六年五月二十五日初版発行

著者 リオ・ホガーティ
執筆協力 メーガン・デイ
訳者 高橋歩
発行者 飯島徹
発行所 未知谷
東京都千代田区猿楽町二-五-九 〒101-0064
Tel.03-5281-3751 / Fax.03-5281-3752
〔振替〕00130-4-653627
組版 柏木薫
印刷所 ディグ
製本所 難波製本

Publisher Michitani Co. Ltd., Tokyo

ISBN978-4-89642-497-3 C0098